汤姆·斯威夫特和超声波旋风飞机

【英】维克多·阿普尔顿Ⅱ 文
燕锐锋 等图
刘庆双 等译

江西·南昌
江西科学技术出版社

图书在版编目（CIP）数据

汤姆·斯威夫特和超声波旋风飞机 /(英) 维克多·阿普尔顿Ⅱ文；燕锐锋等图；刘庆双等译. -- 南昌：江西科学技术出版社，2018.3（2024.1重印）
（汤姆·斯威夫特丛书）
ISBN 978-7-5390-5867-2

Ⅰ.①汤… Ⅱ.①维…②燕…③刘… Ⅲ.①儿童故事－英国－现代 Ⅳ.①I561.85

中国版本图书馆CIP数据核字(2017)第046862号

国际互联网(Internet)地址：http://www.jxkjcbs.com
选题序号：KX2016078
责任编辑：饶春垚

汤姆·斯威夫特和超声波旋风飞机　　〔英〕维克多·阿普尔顿Ⅱ　文；
TANGMU SIWEIFUTE HE CHAOSHENGBO XUANFENG FEIJI　　燕锐锋　等图；刘庆双　等译

出版发行	江西科学技术出版社
社址	南昌市蓼洲街2号附1号
	邮编：330009　电话：（0791）86623491　86639342（传真）
印刷	三河市嵩川印刷有限公司
经销	各地新华书店
开本	700mm×1000mm　1/16
字数	114千字
印张	11
版次	2018年3月第1版　2024年1月第2次印刷
书号	ISBN 978-7-5390-5867-2
定价	39.00元

赣版权登字-03-2017-42
版权所有　翻印必究
（赣科版图书凡属印装错误，可向承印厂调换）

前言 QIANYAN

人总是离不开阅读，特别是在现代化信息时代，阅读无疑更是我们难求的一片宁静港湾，让我们有机会去感受、去体悟、去反思、去认证我们的这个世界和未来的世界。

科幻小说是一种起源于近代西方的文学体裁，在尊重科学结论的基础上进行合理设想后形成的文学作品，具备"逻辑自洽""科学元素""人文思考"三个要素。科幻小说与一般的传统小说不同，其特殊性在于它与科学技术的发展有着直接的联系，能让读者间接了解到科学原理。但它又是一种文艺创作，它扎根于社会现实，反映社会现实中的矛盾和问题，在科学技术发展的方向上，提供若干有参考价值的预见。有时，某些科学发明尚未出现，科幻小说里则已经进行生动的描绘，如潜水艇、机器人和宇宙航行等。

著名文学评论家布哈伊·哈桑曾说，科幻小说可能在哲学上是天真的，在道德上是简单的，在美学上是有些主观的，或粗糙的，但就它最好的方面而言，它似乎触及了人类集体梦想的神经中枢，解放出我们人类这具机器中深藏的某些幻想。

阅读科幻小说至少让我们有如下的感受：

一、文学的轻松愉悦

科幻小说的主题非常明显，它会涉及"未来"和"未知"、"科学"和"规律"、"生命"和"文明"、"生存"和"冒险"等等，每一本科幻小说都是一个全新的世界，每一次阅读都是一段全新、充满惊喜的精神旅程。

二、科学与严谨的想象

爱因斯坦说过，想象力比知识更重要，因为知识是有限的，而想象力概括着世界上的一切，推动着进步，并且是知识进化的源泉。通过阅读科幻小说，感悟其中的想象力，在人文、哲理的思索上，在思想道德意识的增强上所起到的作用是潜移默化的、是发散性的，其威力是不可估量的。

三、引发科学与理性的思考

科幻小说中的"科学方法"是一种有系统地寻求知识的程序，涉及"问题的认知与表述""观察与实验搜集证据""假说的构成与测试"。简单地说就是一个科学理论要经过观察、解释、预测、确认、评估、发表的程序，才能从一个假设发展成原理。科幻小说的"理性思考"就是遵从客观规律、进行逻辑分析的思考方式。

《汤姆·斯威夫特》系列曾是国外流行的科普小说，书中很多的科幻内容今天都已经变成了现实，它曾影响了几代读者，它伴随了很多人的成长。现以中文出版此书，相信书中的情节与科学，也会给中国读者带来同样的快乐体验。

目录 MULU

第一章　奇怪的人形……………………………………… 001

第二章　狡猾的杰科……………………………………… 010

第三章　呼救信号………………………………………… 020

第四章　营救飞行………………………………………… 025

第五章　丛林逃脱………………………………………… 035

第六章　火山之间………………………………………… 040

第七章　危险的搜索……………………………………… 045

第八章　石器时代的攻击………………………………… 053

第九章　长翅膀的部落…………………………………… 059

第十章　乔受惊了………………………………………… 066

第十一章　神秘的石弹…………………………………… 072

第十二章　弹弓线索……………………………………… 080

第十三章　不祥的信号…………………………………… 086

第十四章　风暴实验……………………………………092

第十五章　狡猾的走私犯………………………………099

第十六章　令人担忧的发现……………………………105

第十七章　秘密字条……………………………………110

第十八章　战地报告……………………………………116

第十九章　神奇的山洞…………………………………122

第二十章　呼喊救命……………………………………129

第二十一章　奇怪的武器………………………………134

第二十二章　炫目对决…………………………………139

第二十三章　阿土米克酋长的故事……………………145

第二十四章　末日振荡器………………………………153

第二十五章　铤而走险…………………………………161

第一章 奇怪的人形

"你的意思是这个小东西能卷起飓风让你的新型飞机飞上天?"

巴德·巴克利透过头盔的绿色石英玻璃窗,惊奇地看着同伴汤姆·斯威夫特。

年轻的发明家笑了:"是超声波旋风,你看不见它,也听不到它出声,但它却能卷起飓风!"

这两个十八岁的小伙子和企业集团留着金发、身材结实的首席模具工程师汉克·斯特林正在汤姆的实验室里测试汤姆设计的超声波发电机。三人都戴着特殊的纤维玻璃头盔和手套来防止无声能源中看不见的危险静电。

"随着电流震动,设备会发出极强大的声波——远远超出人所能承受的范围。"汤姆解释说。

所有的目光都注视着装有发电机的闪亮的钢铁气缸。

"看起来足够安全了。"巴德说道。

"不要被表面现象迷惑,飞行员!"汤姆回复道,"这些陶瓷盘每秒震动五百多万次。有了这样的声波频率，你可以——"

"汤姆！小心！"

坐在工作台另一端的汉克·斯特林突然大声提醒汤姆。他边喊着边快速关掉了电控板上的主开关。

汤姆低下头，看到一条火舌冲向了他的工作围裙。一秒钟之后，整个围裙都燃烧了起来。

"天呀！"巴德大声说道。

汉克从板凳上跳过来帮汤姆扑灭围裙上的火，但是巴德的动作更快。

他抓起实验室墙上的灭火器，倒放水箱，喷向汤姆。随即，一层层的化学泡沫立刻扑灭了汤姆身上的火焰。

"谢——谢谢，巴德。也谢谢你，汉克！"

汤姆放松地打了一个寒战，然后瘫坐在板凳上，摘下了头盔。汉克和巴德也是一样。

"哇！好险！"汤姆咕哝着，勉强地笑了一下。他脸色憔悴，手心里全是汗。汉克帮他把身前烧得发黑的围裙摘了下来。

"你没事吧，伙计？"巴德焦急地问道。汤姆点点头，巴德笑了，"我一直知道你的发明都很热门，天才，但是没想到居然那么热！"

这位壮实的黑发青年叹了口气："不开玩笑了。到底是什

第一章　奇怪的人形

么导致围裙起火呢?"巴德迷惑地问道。

"是超声波。"汤姆沮丧地回答,"集中的热量使得棉纤维达到了燃点,我告诉过你这些高频震动很危险的!"

"要接着测试吗,机长?"汉克问道。

汤姆摇头:"先不做了,汉克——今天早上就这样吧。我们继续测验这台超声波发电机之前,最好准备由石棉材料制成的防火服。"

"我立刻去准备!"汉克答应道。

电话响了,汤姆拿起听筒:"我是小汤姆·斯威夫特。"

"我是爸爸,儿子。"电话另一端传来镇静的声音,"我有一些有趣的消息,你能来我的办公室吗?"

"当然了,爸爸——我马上过去!"

汤姆简单清理了一下之后,换了衣服,离开实验室,跳上了吉普车。他启动发动机,踩下离合,快速穿过场地开往企业集团。

这个方圆6千米、有着飞机跑道的工厂是他们父子俩的试验站,他们就是在这里做出各种新发明的。

几分钟后,汤姆大步迈进主楼的一间现代化大办公室,他和爸爸都在这里办公。

除了巨大的桌子、画板和舒适的皮革沙发之外,办公室里还有许多斯威夫特父子俩的伟大发明。其中有汤姆的宇宙飞船的银色针状复制品、外太空之旅的火箭飞船和海下直升机的蓝

色塑料模型。

"什么事,爸爸?"

汤姆爸爸抬起头笑了。这对父子长得很像,尤其是深邃的眼睛和清晰的轮廓,但是汤姆更高更瘦一些。

"坐下,儿子。你还记得表哥艾德·朗斯特里特吗?"

"当然记得!"汤姆笑着坐在了深绿色的皮革椅子上,"他最近是到什么遥远的地方去了吗?"

"我对他最近的旅行不太了解。但是,给你——看一下这份电报。"

汤姆接过爸爸递给他的电报。这份当天从发来的电报上写着:

今天下午2:30到达肖普顿机场,我会带来不寻常的东西让你们俩检查一下。

艾德·朗斯特里特

"'不寻常的东西'?"汤姆皱起了眉头,"爸爸,你觉得会是什么东西?"

斯威夫特先生耸耸肩,笑着说:"一点也不清楚。但是以艾德的作风,干瘪的人头或是一种新型热带蝴蝶,都是有可能的!"

汤姆大笑起来。年长的科学家又说:"问题是我午饭之后就要出发去大本营了,你去见他可以吗?"

"当然可以——我很愿意去,爸爸。"

大本营是企业集团在西南部的原子能工厂。为政府做的研究工作需要斯威夫特先生经常往返于这里和东部的企业所在地肖普顿。

当天下午，汤姆和巴德·巴克利抵达肖普顿机场。为了搭载额外的乘客，他们开的是巴德的红色敞篷车，没有开汤姆的两座跑车。

一会儿，一架大型银色飞机降落，乘客从里面走了下来。汤姆迎着从斜坡上走下来的身材纤瘦的秃顶男士。

艾德·朗斯特里特稍微有点壮实，大约二十五岁，有几根稀疏的头发。

"抱歉，我爸爸不能来接你。"汤姆介绍了巴德，又解释了斯威夫特先生不能来的原因，对他表示抱歉，然后目光闪烁地问道，"但是你想给我们看的神秘东西是什么？"

"就在我的公文包里。"艾德回答道，"你可以回到工厂再研究。"

在回企业集团的路上，汤姆和表哥聊天。通过他们的对话，巴德了解到艾德是一位世界旅行家，对许多科学领域都有涉猎，但并不精通，而他同时也是一位语言学专家。

他们到了汤姆的办公室后，艾德·朗斯特里特打开公文包，拿出一个奇怪的人形。这个模型大约30厘米高，半人半兽。这个模样奇怪的东西闪着一种漂亮的橘黄色的光。

"这是什么？"巴德入迷地看着，问道。

第一章 奇怪的人形

"我希望汤姆能告诉我们呢。"

"看起来像是一种原始的动物神。"汤姆迷惑地慢慢说道,"你从哪里弄来的,艾德?"

"我在一家珍奇物品店挑选到的。"他的表哥回答说。

年轻的发明家指着动物人形像袋鼠一样的胃袋:"显然,像是一种有袋哺乳动物。这可能意味着它来自南太平洋附近。"

"这是由什么制成的呢?"巴德询问道。

汤姆摇着头,掐着下嘴唇思考着:"这个问题也难住了我。我不记得我以前见过类似的东西……当然橘黄色的光意味着这可能是一种因为天气原因而形成的氧化物。"

汤姆用手指轻轻地刮了一下人形的底部,掂了掂重量,敲击了一下物体,注意到有金属声。

"等一下!"他突然大叫,"我之前的想法可能错了。但是我有一个猜想。我们开车去我的实验室吧。"

他们开着企业集团的一辆吉普车前往汤姆的全玻璃建成的私人实验室。在这里,汤姆迅速用他的光谱显微镜研究了这个雕塑。他抬起头的时候,眼睛里闪烁着激动的光。

"天才,快说!"巴德催促道。"是什么?"

"是钛矿石——纯钛矿——一种稀土!"汤姆回答道。

巴德还是一脸迷茫:"稀土?是什么?"

"是一些名字很拗口的稀有金属,像镝元素、镨元素、钇元素——"

"好了,好了,教授!"巴德赶紧插嘴。

"简单地告诉我们到底有多不寻常吧。"

"有一点,他们从不会自然地出现在矿藏中——至少就目前的科学研究来看是这样。"汤姆解释说,"通常它们需要从像独居石沙子等其他物质中被少量地分离出来,独居石用于原子能生产。"

"那么制作这种雕塑的原始人从哪里大量获得这种材料呢?"

"问得好,我要是知道就好了!"

"钬元素除了稀有之外,还有其他价值吗?"艾德·朗斯特里特问道。

"有。"汤姆回答,"可以用来制作合金、特殊的玻璃和电子部件,更别说是各种秘密的用处了。而且如果有大量这种物质的话,科学家一定能够研究出更多的用途。"

"嘿!"巴德欢呼着从板凳上站了起来,"到时候我们就能知道这个东西的来源了,这样很可能帮我们找到有价值的铀矿——我是说稀土矿!"

汤姆点点头。

"恐怕我帮不上什么忙。"艾德说,"我问了奇珍异品店的老板,但是他唯一能告诉我的就是,这是他在拍卖会上买来

第一章 奇怪的人形

的一件艺术品。"

汤姆若有所思地敲着板凳："或许艺术家可以帮我们。"

他拿起电话,打了长途电话找海洋艺术方面的专家菲尼教授让他来研究一下这个奇怪的物体。然后汤姆联系了肖普顿博物馆馆长高德博士。第二天,两个人都来了,仔细地研究了这个雕塑,但是都没能提供关于来源的线索。

"这是我见过的最不寻常的原始雕塑!"高德博士说,"你能把这个东西展览几天吗?"

准备离开的艾德欣然同意了,于是雕塑被运到了肖普顿博物馆。电台和电视评论员在新闻中谈到这个东西,肖普顿晚报也刊登了一篇关于这个奇怪展品的报道。

结果,第二天一大群人蜂拥至博物馆,急切地想要看看这个神秘的东西。武装安保们站在人形展览的橱窗外。

"这在镇上引起了轰动。"汤姆对他妹妹桑迪说道。他跟美丽苗条的妈妈说晚安的时候又把这件事重复了一遍。

半夜,他被床边的电话铃声吵醒。睡意惺忪的汤姆拿起电话问对方是谁。

"我是高德博士,汤姆!"电话里传来颤抖的声音,"动物神被偷了!"

第二章　狡猾的杰科

这个震惊的消息让汤姆瞬间清醒:"你从哪里打来的电话?"

"警察局。"

"我马上过去!"

汤姆赶紧穿上衣服,几分钟后把跑车从车库里倒出来。不一会儿,他就开车到达肖普顿的警察局门前,急刹车停了下来。

他推开记者,大踏步迈进斯莱特局长的办公室,看到高德博士和其他两个值夜班的人正在接受侦探的询问。

"很高兴你来了,汤姆。"局长跟他打招呼,"或许你可以帮助我们。"

"到底怎么回事?"汤姆问道。

一个穿便装的警官和两个值夜班的人迅速向他汇报了情况。晚上11点35分,博物馆东侧传来玻璃碎裂的声音。其中一个值班人员跑去查看,结果头部受袭晕倒了,他右侧太阳穴的

瘀青还依稀可见。

另一个值班人员大概一分钟之后赶到，他看到展台被砸烂，神秘的人形雕塑不见了。

"那防盗报警器没有响吗？"汤姆问道。

"我们检查过了。"便衣男士汇报说，"有人从里面切断了报警器——可能是晚上早些时候切断的，当时博物馆里全是人。在博物馆清空上锁之后，他从一个很高的后窗爬了进来。"

"M.O.方面有线索吗？"汤姆问。

"M.O.是什么？"高德博士透过他那金边夹鼻眼镜迷惑地问道。

"就是小偷的惯用手法。"局长解释道，"有，汤姆，事实上所有证据都指向一个叫'狡猾的杰科'的强盗。看这个——"

他翻开一本全是逃犯照片的相册，指着两张嫌犯的照片——正面照和侧面照——他是一个面部消瘦的三十岁男人。

"这就是我说的那个人。他因为同样的罪行在六个州蹲过监狱。他的专长是在公共大楼里行窃，通常都是先弄坏报警器。"

"但是像他这种盗窃犯为什么会偷这样一个奇怪的艺术品呢？"高德博士问道。

"艺术品能卖很多钱，不是吗？"便衣男士坎普警官说道。

"这次情况不同。"馆长坚持说道，"现在全国人都从新闻中知道这个雕塑了。他要怎么处理这个雕塑呢？"

"我同意高德博士的说法。"汤姆接着说，"如果不能转手卖个好价钱，买卖赃物的人不会愿意接手这个偷来的物品。我也不相信有哪个私人收藏家敢买这样一个知名度很高的东西。"

"嗯。"局长皱着眉头，捋着下巴，"那这次是图什么呢，汤姆？难道这次是杰科搞错了？"

"未必。这个雕塑是由非常罕见的金属制成的。如果杰科将它融化，那么就没有人能认出来，但是它的工业研究价值依然值几千美金呢！"

"我们会联系调查局对他实施搜捕。"局长许诺。

第二天早上，汤姆在企业集团的停机库卖力地操作他的旋风飞机。巴德也和他在一起。

"机长，你安装的那个盒子是什么东西？电子齿轮吗？"

"是一台控制机，巴德。"年轻的发明家回答道，"你听说过控制论吧？也就是研究机器思考的学问。那么，这就是一台控制机。"

巴德看起来很迷惑："你是说这个小东西能替飞机思考？哦，我懂了！一定是一种自动驾驶仪！"

"对。"汤姆说道,"是一种非常先进的自动驾驶仪。"

巴德跳上了汤姆旁边的座位,汤姆就开始给他解释控制机、回转稳定器和伺服器是怎么调整速度、路线和飞行高度的。同时,它还会发出雷达似的信号来检测飞机航线上是否有障碍物。

汤姆继续说:"如果有回声,控制机会自动弄清楚要做什么,而且会立刻改变航线,避免撞击。"

"太棒了!等航空公司都有这东西就好了!"

"希望他们很快就会有。"汤姆说着,内心很自豪,"前提是,在我的旋风飞机上用得好的话。"

巴德看着即将完工的飞船,注意到简约而又出色的设计:"飞机怎么样了,机长?"

"今天下午就能试飞了。你想做副驾驶员吗?"

"当然想!"巴德高兴地大叫,"你觉得我会错过斯威夫特教授最具革新意义的航天新发明吗?我只是不确定,它能飞起来吗?"

汤姆笑了:"今天下午我们就知道了。"

飞船的两边各有一个磁铁气缸,宽如油桶,长如机身。飞行的时候,两个气缸会快速旋转,动力来自于汤姆已经成功通过所有测试的超声波发电机。

"你真的认为这两台滚转机能够让飞机飞起来?"巴德怀疑地问道。

"如果我的空气动力公式答案正确的话，它就能够飞起来。例如，在应用伯努利公式的时候——"

"用简单的说法给我解释一下吧。"巴德央求道，"我还没飞起来呢，这些十音节的单词已经让我脑子都迷糊了！"

"好吧。"汤姆笑了，"你知道投球手会抛出弧线吧？"

"当然——通过弧线让球旋转。"

"对的。球在旋转的时候，通过表面摩擦拖动空气。结果，空气在球上部集中，在下部减少。"

巴德突然明白了："哦，这种一边的空气聚集导致压力上升，然后使得球不会直线飞出。但是我还是不知道这跟你旋风飞机上的两个气缸有什么联系。"

"同样的原理。超声涡轮的气流从飞机里排出，经过气缸，气缸旋转的时候，空气在下表面聚集，那里的压力会增大，就像是机翼下面的压力，就是这个力让我们飞上天空！"

"我猜应该是那样。"巴德缓慢地点头，"你的旋风飞机会像直升机一样飞行吗——我的意思是，能盘旋和做其他动作吗？"

"当然能。而且它还有普通直升机没有的优势。"汤姆指出，"比如说，不需要水平旋翼，无噪音无振动。使用企业集团的太阳能电池发电的超声波发电机，可以使飞机一直飞行而无须加油。而且前面安装了喷气发动机，我希望能够打破声障。"

第二章 狡猾的杰科

"机长，貌似你选错了名字。"巴德说道，"应该叫它旋风直升机，也就是直升机和旋风的合体！"

这时候，技师们已经在几个位置安装了金属整流罩，使得整个飞机的机身更结实。

巴德从驾驶舱里爬了出来，围着飞机走着，从各个角度观察飞机。

"着陆齿轮放下来之后，它看起来像是陆地巡洋舰。"他说。

"它的确是陆地巡洋舰。"汤姆笑着说，"我忘了告诉你，前轮自然是用来掌舵的，但两个后轮有机械驱动系统。所以你看，这架飞机在陆地上可以像车一样行驶！"

巴德吹着口哨："我的天呀！要是这个宝贝还能做饭的话，那它就无所不能啦！"

午饭过后不久，旋风飞机就被推到了跑道上。两个小伙子爬上飞机，穿上沉重的飞行装备，以防测试的时候出现紧急事故。

宽敞的机舱里像轿车一样有前后两排座位。汤姆和巴德分别坐到前面的驾驶位和副驾驶位后，机舱门关得严严实实。

这是五次试飞中的第一次，结果让汤姆很满意。随后的几天，他们解决了几个难题。最后小伙子们决定进行主要的测试——打破声障。

"要用喷气发动机起飞吗？"巴德问道。

汤姆摇头:"不,我们要使用快速升降机直接升空。戴好头盔,伙计。起飞!"

汤姆启动超声波发电机,切断转鼓,两个气缸发出噗噗的声音,顺利地开始旋转。旋风飞机刚开始速度很慢,但随后迅速飞上蓝天。

"喔!爬升得好快!"巴德看着指示器,大声说道,"一分钟3千米!"

在他们的下面,企业集团的大片建筑物最后缩小成玩具那么大。整个肖普顿和卡帕拉湖都被云堤和漂浮的薄雾遮住了。

"我们现在启动吧!"汤姆笑着,目前他对飞机的表现很满意。

他全速启动喷气发动机。飞机全速发动之后,他启动了补燃器。飞机像火箭一样飞速冲入云霄。

"我们会爬升得再高一些。然后穿过声障。"汤姆说,"再爬升点高度应该没事,然后——"

突然飞机剧烈抖动了一下,打断了他的话。紧接着,两个小伙子因为机身的剧烈震动晃来晃去,飞机失去控制了!

"我的天呀!快——快做点什么,机——机长!"巴德央求道。

汤姆用力关闭了喷气发动机阀门,指示器立刻显示飞行速度下降。

震动渐渐消失,飞机也恢复平稳。汤姆慢慢地调头,飞回

第二章　狡猾的杰科

了肖普顿。

"天呀！怎么回事？"巴德问道。

"不清楚。"年轻的发明家皱着眉头，"但我能猜到个大概。"

"快说。"

"发电机发出来的超声波干扰了正常的气流。低速飞行的时候不明显。但是飞行时速达到800千米的时候，就会造成猛烈的干扰。"

汤姆选择了最近的着陆点，把遇到的困难汇报给了控制塔，然后来到了斯威夫特工程公司的商用飞机场。

这家工程公司由斯威夫特先生的儿时玩伴和商业伙伴奈德·牛顿管理。他为斯威夫特父子俩生产他们在企业集团做出的发明创造。

"呼！"飞机在水泥地上停下来。巴德放松地舒了口气，"有那么一会儿，我以为我们回不来了！"

汤姆从机舱里出来的时候表情很严肃，没有说话。他脱下飞行装置，仔细检查了整架旋风飞机。正如他所担心的一样，有几处出现了结构故障。

巴德失望地紧闭着嘴唇，仔细看着同伴的表情："到底是怎么回事呢，伙计？"

汤姆耸耸肩："我得想办法阻止超声波传播到整个机体，或许我可以安装一种不同的动力设备。我这就动手做。"

"嘿，桑迪来了！"巴德欢呼道。他指着从刚刚着陆的一家小型豪华飞机里走出来的一男一女，"我想她应该是在展示你的特种鸽子系列的一架飞机。"

桑迪看到两个小伙子，走了过去，向他们介绍了她的客户："这是乔治·希德伦——他想买我们的一款新型飞机。"

希德伦微笑着与他们握手。他身材瘦高，一头飘逸的头发，二十三岁左右。"特种鸽子开起来很舒服。"他恭维着汤姆。

"我已经邀请了希德伦先生晚上到家里吃饭。我们可以讨论买飞机的事情。"桑迪接着说，"你也会来吧，巴德？"

"我会去的，谢谢。"巴德欣然接受邀请。

当晚，斯威夫特夫人认识了希德伦后，她微笑着宣布开饭。在享用美味晚餐的同时，希德伦和大家分享了他作为研究型动物学家的工作。桑迪看起来很欣赏他，但是巴德仔细地观察着他，没怎么说话。希德伦隐晦地提到自己曾经参与了一笔不正当的商业交易，这让巴德感到不舒服。

来吃晚饭的还有菲利斯·牛顿，奈德·牛顿叔叔的女儿，她也是桑迪在学校的朋友。

菲利斯留着乌黑的卷发，笑眯眯的棕色眼睛，是汤姆最喜欢的约会对象。

"貌似巴德不太喜欢桑迪的客人。"晚饭后她悄悄地对汤姆说。

动物学家最先离开。巴德要走的时候,把桑迪拉到一旁,悄悄地说:"不要再和希德伦见面了。让营业部接手卖飞机的事情。他不适合你!"

第三章　呼救信号

巴德匆忙离开的时候，桑迪惊讶地看着他。她回到菲利斯身边，把巴德临别时说的话告诉了她。

"我就不会担心这个。"菲利斯说道，"我认为巴德吃醋了，桑迪！"

第二天早上，巴德走进汤姆私人实验室的时候还是很不高兴："我觉得我们应该调查一下这个希德伦——"

"等一下，飞行员！"汤姆笑着打断了他的话，"先打断你一下，你觉得飞去R国怎么样？"

"R国！"巴德惊讶地张着嘴。"那是太平洋最南端！"

"我知道。我们刚从那里的金矿得到紧急订单。"汤姆晃着他正在读的无线电报。

"什么订单？"

"六个斯威夫特企业的太阳能电池。热带气候导致金矿的电池经常坏掉。所以他们决定使用太阳能电池来发动所有开采设备。"

汤姆的太阳能电池是他最成功的发明之一，是能够积蓄大量太阳能的紧凑型设备。这些电池是在汤姆的飞轮人造卫星上制成的，这颗卫星是他在太空的前哨站。

"矿井现在就需要这些电池，而且他们为快速送货支付费用。"汤姆补充道。

巴德快速浏览了无线电报："哇，很棒的任务啊！我们什么时候出发？"

"不是我们——我要待在这里设计旋风飞机的新型发动机。"看着伙伴如此急切，汤姆笑着说道，"但是汉克·斯特林会一同前往去安装太阳能电池，并解决安装时候遇到的障碍。"

"就这么说定了！"

不到两个小时，货机检查完毕，并加够了长途飞行需要的汽油。巴德向汤姆和地面工作人员挥手告别，然后和汉克一起爬上了飞机。

"旅途愉快，伙伴们！"汤姆大喊道。

"谢谢！回见！"

"同时要小心那些割脑袋的人哦！"有个机械师开玩笑说。

不一会儿传来了起飞的信号。巴德控制飞机，巨大的飞机滑下跑道，然后陡然升空。飞机在西南上空稍微减速时，通讯大楼的广播里传来声音:"汤姆·斯威夫特,请迅速联系你的秘书!"汤姆匆忙来到企业集团的主楼。冷静高效的特伦特小姐在双人办公室外面的办公桌前向他打招呼。

"警察局来电。"

"我是斯莱特局长,汤姆,我们抓到狡猾的杰科了。你愿意帮我们盘问他吗?"

"当然愿意!我十五分钟后到!"

汤姆开着低底盘的银色跑车,按时赶到了警察局。在局长办公室内,狡猾的杰科被铐在了很硬的直背椅子上,强烈的灯光照着他。这个身材健壮的强盗穿着高领衣服,看起来很瘦,很敏捷,就像是一个高空秋千特技演员。

"他坦白了吗?"局长向汤姆介绍了抓住杰科的侦探后,汤姆问道。

"当然——我会全部交代的!"杰科抱怨说道,"我只希望你们对我宽大处理!"

"我们不会做任何承诺。"斯莱特局长斩钉截铁地说道,"报警器上你忘记擦掉的指纹已经让我们有明确的证据。但是你还是交代试试,我们会告诉法官你配合了。"

"好,好。你们想知道什么?"

"你偷走的雕塑现在在哪?"

"不在我手里。我把它给了雇用我的人。"

第三章 呼救信号

"雇用你的人！"斯莱特局长惊讶地怒视着他，"你什么意思？"

"就是我说的意思呀。"杰科坚持着，"前几天晚上，这个人给我打电话，然后给了我一小笔现金，让我把雕像从博物馆里偷出来。"

"他是谁？"汤姆问道。

"我也不知道。我从来没有见过这个人的脸。"

"别给我来这套！"斯莱特局长怒吼道，"你把雕像交给他的时候一定看见了他的脸！"

"那倒是，但是他戴着面具。而且，他约我在一个漆黑的港口见面。我跟你说，这个人很狡猾！"

局长迷惑地看了汤姆一眼。大家沉默了一会儿。

"你认为他说的是实话吗？"年轻的发明家问道。

其中一个侦探耸耸肩："可能是。我们非常仔细地搜查了他的房间，没有找到被偷的人形。但是杰科有一大笔钱。"

汤姆转向囚犯："告诉我你从雇用你的人身上看到的任何特征。"

杰科皱着眉头仔细想着。"恩，他中等身材。而且我觉得他可能是外国人。"

"为什么？"

"他发音很有趣。他叫我杰科的时候听起来像加科。"

"嗯，算不上什么线索。"汤姆说，"但至少算是一个调查的方向。"

"我们会跟进的。"斯莱特局长许诺。他问了囚犯几个问题之后,点头示意侦探们,"好了,把他带走吧!"

两天后,汤姆在他的实验室里忙碌着,完善新发动机时,电话响了。他接起电话,听到了电子产品主管焦急的声音。

"我是乔治·迪林,汤姆,我在无线电室。巴德和汉克遇到麻烦了!他们一小时前启程返回,但是遭遇了当地的丛林风暴!"

一阵恐慌涌上汤姆心头。"你能收到他们的信号吗?"

"是,现在能通过无线电联系他们。"

"好,我马上来!"

汤姆扔下电话,冲上吉普车,快速开到通讯大楼,迅速爬上楼梯来到无线电室。

"信号实际上来自西海岸。"迪林递给汤姆一副耳麦说道,"告诉艾尔海默接收信号,然后转到肖普顿。"

艾尔海默是斯威夫特私人通信网络的加利福尼亚广播员。

汤姆调整耳麦的时候,听到巴德说:"重复位置——纬度3度,往南58分钟,精度1-3-6——"

突然,年轻的飞行员大喊一声,话语中断。然后又传来断断续续的声音:"出问题了,设备不听使唤了!我们要坠机了!"

一阵巨大的嘈杂声之后,信号完全中断了!

第四章　营救飞行

"巴德！"汤姆疯狂地大喊，"巴德，你能听见吗？肖普顿呼叫斯威夫特四号飞机！"没有回应，只听得到信号干扰声。

汤姆扯下耳机，冲向视频电话，打开按钮。屏幕亮了起来，他看到了泰德·艾尔海默。

"信号怎么中断了，泰德？"年轻的发明家大喊着，"转接连线出问题了吗？"

艾尔海默郁闷地摇头："没有，汤姆，信息传播停止了，我担心他们可能坠机了。"

"坠机？"迪林惊恐地重复着这个词，"我的天，在那样的国度，他们没有幸存的机会！山川丛林已经够糟了，而且当地原住民是会割人脑袋的，不是吗？"

"有一些是的。"汤姆严肃地说道，"关键是巴德和汉克可能已经安全降落，他们需要我们！"

汤姆匆忙赶回办公室，立刻开始组织营救队伍。他快速安排命令后，向特伦特小姐口述了一些话，然后打电话告诉妈妈这个消息。

斯威夫特为自己的丈夫和儿子感到骄傲，但是她也害怕他们在追求科学研究中经常遇到危险。

"我的天！"她低声说着，"一定要小心，儿子，到丛林国家的营救飞行真的太危险了，让人很害怕！"

"不要担心，妈妈。"汤姆安慰她，"我不会做不必要的冒险，但是我也不能抛下巴德和汉克。"

"你当然不能，我亲爱的儿子，我很高兴你这样想，我会祈祷你们所有人都能安全返回！"

汤姆选择了大型原子能驱动飞船蓝天女王来搭载营救队伍。这艘巨大的飞船，绰号是飞行实验室，是年轻的发明家为了在地球上其他地区做研究工作所发明的。

在蓝天女王停泊的地下飞机库，汤姆拿出一把电子钥匙开了门，走下了抛光的钢铁楼梯。在下面，人们在忙活着，机械师们聚集在有三层舱板的大型飞机上，这架飞机的银色机翼几乎占满了地下飞机库。

"发动机都检查了吗？"汤姆问机组主管。

"还没有，机长，还有几台烧坏的设备。我们大概五点的时候能够安装完毕，准备起飞。"

"很好。一准备好就告诉我，斯利姆。"汤姆转身时，一个响亮的声音传到地下。

第四章 营救飞行

"这架大飞机终于要走了！给我腾出足够多的地方了！快来品尝我做的食物！"

一时间，就好像一个大超市长了罗圈腿自己跑到了地下——腿上穿着蓝色牛仔裤，脚踏高跟牛仔靴，上身因为抱着大量的零食和罐装食品被挡住了。

"给我让出地方来，你们这些家伙。

"乔！"汤姆看到乔少迈了一个台阶，大喊一声。

紧接着，瓶瓶罐罐、蓝裤子和所有东西都散落到地上了！

回声消失的时候，大家都震惊得安静了一会儿，然后这些瓶瓶罐罐也都停了下来。这时候一个身材敦实、皮肤黝黑的人呻吟了一下，爬了起来。

"乔，你还好吗？"汤姆赶紧跑去帮助这个西部中年男子，大声问道。

"我没站稳，怎么可能知道。帮我一下，孩子。"

汤姆低下肩膀，架起乔的一只胳膊，斯利姆·戴维斯架起了乔的另一只胳膊，他们一起让这个秃顶的矮胖子站稳了。

乔·温克勒小心地检查着四肢。他以前是流动炊事车厨师，斯威夫特父子到西南部旅行的时候遇到了他，他非常喜欢汤姆，于是来到了东部的肖普顿。现在他是斯威夫特父子在企业集团的私人厨师，他陪着年轻的发明家进行了多次探险。

这个厨师勉强笑了笑："左眼眶可能摔青了，以防万

第四章 营救飞行

一,我最好还是摔在牛排上。"

"不要担心,乔。"一个机械师大笑着说,"你穿着这么显眼的衬衫,谁会注意到你的眼睛呢?"

乔忘了瘀青,走来走去展示自己的紫色和火橘色相间的牛仔衫。

"是不是很时髦?"他炫耀着,"我这是在圣安东买的,我——"

这时候飞机库后部的电话响了。"找你的,机长!"一个技师大喊道。

汤姆迅速跑过去接电话。

"我是乔治·希德伦。"电话另一端的人说,"我从桑迪那里听说了你们的营救计划,所以打电话想做志愿者。"

"做志愿者?"汤姆迷惑了一会儿。

"和你们一起去。你知道的,我以前到过R国的丛林几次,去收集样本。我或许可以提供一些帮助。"

"哦,我明白了。"想起巴德关于希德伦的警告之后,汤姆犹豫了,"很感谢你愿意主动帮忙。但是我不确定飞机还能再搭载额外的人员。我可以之后给你打过去吗?"

"当然。你今天下午可以随时联系我。"希德伦回答道,并把自己的电话号码告诉了汤姆。

挂断电话后,汤姆皱了一会儿眉头,然后打电话给哈伦·艾姆斯,他是企业集团的安保主任。他迅速地把自己知道的希德伦的背景情况和巴德的担忧告诉了主管。

"调查一下希德伦，可以吗，哈伦？看看他人品怎么样，尽快给我打电话。"

"好的，汤姆！"

不到一个小时，哈伦打来电话汇报："一切看起来都正常，汤姆，我调查了他的上学记录，他获得了动物学的硕士学位。雇用他的生物实验室说他是一流的科学家，而且去过R国。就我目前调查到的信息来看，他没有犯罪记录。"

"很好了，哈伦，谢谢！"

汤姆觉得没有理由拒绝希德伦的主动帮忙，尤其是在现在这样生死攸关的时刻。于是他打电话给动物学家，告诉他立刻准备出发。

刚过五点，地下飞机库的棚顶在运转良好的齿轮下划开两半，然后被水力升降机提升至地面。胶皮轮胎拖拉机把蓝天女王拖上特殊的跑道准备起飞。

桑迪和菲利斯开车来到工厂向他们做最后的道别。"你不在时，我会很惦记你的。"菲利斯羞涩地说道，"你一定要小心啊！"

"我保证。"汤姆笑着说。菲利斯踮起脚尖轻轻亲了他一下，汤姆脸红了。

桑迪泪眼婆娑："汤姆，一定要小心，你一定要找到巴德——还有汉克！"

第四章 营救飞行

汤姆轻轻地抱了一下妹妹："不要担心，妹妹，我们一定把他们安全地带回来。"

营救队伍的成员依次地走进了庞大的飞机。除了乔、希德伦和斯利姆·戴维斯之外，还有企业集团的制模专家兼飞行员汉森和年轻的辛普森医生，以及四名机组人员。

汤姆坐在驾驶舱的驾驶位，快速检查了一下设备。然后，他向信号塔汇报情况，又向两个女孩挥手，随后启动了原子能发动机。蓝天女王发出巨响，冲上云霄。

他们以每小时2000千米的速度，穿越了大陆。汤姆和同伴们看到了一片农田、城市、平原，还有山川。他们大部分时间都是在太平洋的深绿色水域上空飞行，偶尔会飞过冒着烟的小飞机和热带环礁。

离开肖普顿大概十个小时后，营救队伍看到了R国。

"我们的速度比太阳还要快。"亚弗·汉森说道。

汤姆点点头，看了一眼手表。当地时间是差几分钟下午三点！

飞过巨大的岛屿之后，又飞过内陆，他们看到了迪斯默尔沼泽、茂密的热带雨林和高耸的山脊。有一些地方是开垦出来的稻田，当地人在那里种植芋头、山药和蔬菜。但是大部分都是未开垦的荒地。

"你已经定位了他们的坠机地点了吗？"汤姆身后传来声音。

正在看地图的汤姆抬起头,看到乔治·希德伦进来了。

他指着前方,示意汤姆整个地区都被云层笼罩了。希德伦说这个地方经常遭遇这种风暴。

"我认为再飞行几千米,会找到更好的着陆点。到了前面地势明朗的峡谷,我们就可以搜寻各个方向了。"动物学家接着说,"而且,这正是巴德和汉克从金矿返回的路线。"

"好的。那我们先飞到那里吧。"汤姆同意他的建议。

十分钟后,他们找到一个视线清楚的地方下降。汤姆启动喷气机升降机,让蓝天女王慢慢地在山谷间落地。这里没有人居住的迹象,但是这里显然被人类清理过。

巨大的飞机刚落地,舱门打开,里面的人都出来了。所有人都迫不及待地想要探索这个植被丰富的绿色区域。

"在我们降落的线路上没有发现飞机残骸。"乔汇报说。

"或许被树木挡住了。"汤姆指出,"我们分成两队到附近搜索。"

汤姆让斯利姆和他做伴,他们一起穿过丛林向东飞去。空气里弥漫着热带花的味道,但是昆虫让他们很困扰,头顶上,奇怪的鸟叫声打破了丛林的寂静。

"希望我们不要遇到食人动物。"斯利姆开玩笑,"嘿,这是——"

他踩到了一个长满草的小山丘,大叫一声——这个山丘居

第四章 营救飞行

然活了！蹬直像鸵鸟一样的长腿，它变成了一只高约一米五的鸟。

"天呀！这是什么？"斯利姆瞪圆了眼睛。

"我认为是食火鸡。"汤姆笑了，接着又说，"小心！如果它们受伤的话就会变得很危险！"

很显然斯利姆伤到了食火鸡。它像一只愤怒的雄火鸡一样晃动着身体，怒视着斯利姆。这只鸟的头上有着黑色带角的大冠子，它那光秃秃的脸和满是褶皱的脖子是红色、黄色和紫蓝色的。

突然，这只食火鸡冲向斯利姆！他大叫一声，爬到了最近的一棵树上，处在安全位置的汤姆也爬上了另一棵树。这只鸟在下面生气地踱来踱去。

"我想我们最好等到它走了再下去。"汤姆对斯利姆喊道。

"确实。幸好这种鸟不会飞！"

终于，食火鸡用力晃动了一下身子之后，消失在丛林里。汤姆和斯利姆松了口气，从树上爬了下来。他们继续搜寻，每当走到高地的时候，就会充满希望地四处张望，但是依然没有发现任何痕迹。

"如果巴德和汉克在附近，我们应该从这里就能发现他们的迹象，还是往回走吧。"他非常沮丧地说。

他们回到飞机旁的时候，发现其他搜救队伍也回来了，都没有找到线索。

"好了。我们起飞离开这里吧。"汤姆做出决定,"我们飞到巴德坠机前汇报的地点。"

所有人都上了飞机,汤姆坐在控制席,他开启原子能发动机,启动了喷气升降机。

但是巨大的飞机却没有起飞!

第五章　丛林逃脱

汤姆关闭阀门，检查了所有设备。乔·温克勒的秃头探进了驾驶舱。

"怎么了？"厨师问道，"难道我们不能像你说的一样起飞吗，汤姆？"

"不能。不知道什么原因，升降机发动不了。"汤姆松开安全带又说，"我下去看看。"

斯利姆·戴维斯和汤姆一起拿着工具箱迅速通过抛光梯子下到第一层舱板。他们打开视孔，钻到引擎室里。

"你爸爸发明的托马塞特塑料对这种近距离工作帮助很大。"斯利姆说着，用扳手撬开一只调整螺母。

汤姆点点头："它保护了反应器，又不浪费任何空间。"

这种神奇的塑料不仅防辐射，同时还具有电磁属性，防止自动石弹引爆。

经过一个小时的检查，他们还是没有找到原因。接着汤姆检查了飞机底部的喷气升降机，斯利姆几分钟后也来帮忙。

"找到原因了吗?"他们停下来擦汗的时候,辛普森医生询问道。

汤姆摇摇头:"管子没有问题,一定是引擎室出问题了,我们没注意到。"

这时候,树木被笼罩在紫色的黄昏中。夜幕很快降临,溪流声和林间鸟儿的叫声也渐渐消失。

汤姆沉重地考虑着接下来可能发生什么。如果整个探险队伍被困在野外怎么办?但是他摆脱了这个想法。

"快过来拿一下!"乔拿着一个金属三脚架出现在门口,"孩子,你和汉克现在出来吧,汤来啦!"

尽管乔做的菜很好吃,大家吃饭的时候还是不开心。汤姆一吃完饭就回到了无线电室连接肖普顿。令他高兴的是,他的父亲接到了信号。

"我今天晚上刚回来,听到了这个消息,儿子,找到汉克和巴德的踪迹了吗?"

"还没有,爸爸,我正希望他们能给肖普顿发去消息。"

"没有,迪林说没有收到坠机的进展消息。但是,汤姆,我这有一条好消息。警察打来电话说找到了一条关于蒙面人的线索——就是那个雇佣狡猾的杰科的人。"

"太好了,爸爸,很高兴听到这个消息。"

为了不让家人和员工的亲戚们担心,汤姆决定不提发动机出问题的事情。他转达了给妈妈、菲利斯和桑迪亲切的问候之后，就和爸爸说了再见。

他刚刚关掉传送机，乔就踮着脚尖走进无线电室。他偷偷地往走廊里看去，汤姆知道他一定是带来了秘密消息。

"怎么了，乔？"汤姆问道。

"汤姆，你觉得会不会是有人在飞机上动手脚，所以它才飞不起来？"

"破坏？没有，我从来没想过，乔！为什么这么问？"

"因为今天下午我到后面林子里的时候，听见了一些声音，听起来像是来自蓝天女王。"

汤姆好奇地听着："你看到飞机附近有什么人吗？"

乔摇摇头："没有，我回来的时候，飞机附近没有人，所以我想可能是听错了，但是现在我不确定我是不是真的听错了！"

汤姆轻轻拍了这个矮胖的厨师的肩膀，表示赞许："谢谢你告诉我，乔，我马上去核实！"

年轻的发明家把所有人集中到一起，亲自询问了每一个人。但是很显然他们都没有足够的时间离开同伴的视线去搞破坏。

汤姆很迷惑，如果不是员工搞破坏，那捶打声是谁发出来的呢？难道是当地人已经抓住了巴德和汉克，现在又来监视我们了吗？

但是这些野蛮人应该会用更粗暴的方式来破坏飞机，汤姆想到，这是一个谜。

"安全起见，我们最好还是检查机舱。"他说，"亚弗，你来负责这里，好吗？斯利姆和我去研究发动机。"

汉森快速敬礼，说道："好的，机长！"

二十分钟后，他汇报说："汤姆，我们已经检查了飞机上每一个角落，没有人藏在飞机上。"

"好的，亚弗，谢谢你。"汤姆放下了手里的铍扳手，用袖子擦去脸上的油渍。"我们找到问题原因了。"他举起了一根铜管，这是喷气发动机阀门的伺服器的一部分，"有人用钳子把它弄卷了。"他简单地解释道。

汉森愤怒地瞪大了眼睛："那就是人为破坏喽？"

"毫无疑问，不管是谁做的，这个人提前安了一台假的装置来掩盖破坏。"汤姆虽然很担心，但没有再说话。是个技术很高的技师在搞破坏，可能是A国干的。

汤姆换了铜管之后，驾驶蓝天女王做了短途试飞。这次，庞大的飞机一点故障都没有。现在丛林里一片漆黑，汤姆认为再搜寻也是徒劳，他们可以早上再继续。他降落飞机，安排人值夜班。但夜间并未出现不速之客。

清晨蓝天女王起飞的时候，树林依然被薄雾笼罩着。斯利姆坐在副驾驶位，汤姆开着飞机前往巴德失联前提到的地点。他们来回搜寻了半个小时，还是没有发现坠机痕迹。

"我觉得最有可能的地方还是风暴发生的区域。"汤姆说完，突然指着右舷，那里的地面被层层乌云遮住了，"很可能就在那里。"

汤姆急速倾斜，径直开往天气恶劣的地方。就在他们穿过云层的时候，发现前面有两座很高的火山峰！

乔、希德伦和两名工作人员来到驾驶室，他紧张地喘着气："请你用开伞索吧，汤姆，我希望你清楚自己在往哪里飞！"

"巴德和汉克很可能就在火山峰或者更远的地方坠机了。"汤姆冷静地回答，"我想靠近看看。"

他们进入混乱的风暴区时，飞机猛然震动，汤姆的蓝天女王似乎失控了。

乔焦急地喊道："我们要坠机啦！"

第六章 火山之间

汤姆的机组人员吓得脸色惨白,但是年轻的发明家立刻安慰他们。

"放松,乔!如果其他飞机能穿过,那么飞行实验室就更没问题了。"

"这正是我所担心的。"乔的声音颤抖着,"看起来两座火山之间的空间连鸟都飞不过去!"

飞机现在正好在风暴的中心。雨水拍打着机舱窗户,熄灭的火山像末日哨兵矗立在那里。汤姆不得不用力控制着来回摆动的飞机以保持飞行。

他突然切断前轮喷气机,刹住蓝天女王,飞机突然在狂风中失去了动力。汤姆慢慢地关闭了喷气升降机阀门,然后飞机开始慢慢地在狭窄的空间里下降。

"所有人注意飞机残骸!"他指挥同伴们。

他自己也快速地四处张望——观察设备指针,测量左舷和右舷与火山峭壁之间的距离。飞机进入到狭窄的空间里,数次

第六章 火山之间

眼看就要丧生于狂风中了!

斯利姆额头上冒出汗珠,他看着汤姆紧张地操作着。"也只有这个孩子能做到。"他只说了一句。突然一阵剧烈的金属声传来,整个飞机在其影响下猛烈地颠簸着。

"左翼剐蹭到了!"斯利姆大喊道。

汤姆立刻猛拉阀门,启动喷气升降机。飞机像火箭一样冲上天空,冒出浓烟和火焰。

乔瘫坐到附近的椅子上,圆滚滚的身体颤抖着。"快尝尝我的蔬菜沙拉吧!"他嘟哝着,用印花大手帕擦着光秃秃的头顶。"我们尝试一个安全的方法吧。"他做着鬼脸说,"比如说让这些割脑袋的人给我们理个短发怎么样?"

"不好意思,乔。"汤姆一脸担忧地苦笑着说,"但是恐怕这次的营救活动与我们以前的野炊不太一样!"汤姆的表情又严肃起来:"你发现巴德和汉克的飞机了吗?"

大家都沮丧地说没有。

"天气这么恶劣,估计也看不清什么。"机上一个叫山姆·贝克的工作人员说道,"我们很容易就错过了。"

在风暴区域上空,汤姆盯着火山峰上空一大团乌云。

"我猜可能是当时错过了。"他思考着说道,"用我爸爸发明的大型探照灯,我们本可以很清楚地找到线索的。"

斯威夫特先生的这个著名的发明可以发出太阳光一样强烈的光芒,照亮大片区域。

"不要再折磨我啦！"乔看着底下的沙漠，大声喊道，"该不会还要再尝试刚才的特技吧？"

汤姆摇摇头："不，我们飞机上没有探照灯。不管怎样，我们再降低蓝天女王也没有意义，我们的飞机机翼太大了。"

"你要放弃吗？"乔治·希德伦问道。

"当然不会！"年轻的发明家大声说道，"斯利姆，你找地方降落，我想办法进入袋鼠袋。"

袋鼠袋是一架小型喷气机，放在飞行实验室宽敞的机舱里，还有一架叫作滑行船的直升机。

丛林的地面上没有足够的空地让蓝天女王降落，最近的地点是一个距离火山斜坡24千米的地方，他们到达那个地点的时候，汤姆说："可以降落。交给你了，斯利姆。"

汤姆让副驾驶员控制飞机，自己下到飞机的停机库。他按了墙上的一个按钮，左舷尾部货舱的铝合金门就打开了。

汤姆钻进袋鼠袋的驾驶舱，锁上机顶盖，迅速启动发动机。

"一切就绪，斯利姆。"他通过话筒发出信号。

飞行实验室嗖的一声陡然爬升。汤姆发动湿热元件，松开导缆器，小型喷气机从停机坪上飞了起来。

升空后，袋鼠按原路返回。但是穿过风暴之后，汤姆就意识到希望渺茫。

卷入对流的小飞机就像是狂风中的一片羽毛，不停地颠

簧。飞机不受控制的时候,汤姆感到一阵慌乱。

"我最好断开阀门!"汤姆自言自语。

喷气机突然减速,摇晃着差点完全停下来。汤姆立刻控制飞机,向上空飞去。飞机像彗星一样直冲云霄!

"哇!"汤姆感到一丝放松,"好的,这个主意没错!"

年轻的发明家虽然很失望,但并没有气馁,他开着小飞机回到蓝天女王降落的地方。斯利姆和机组人员迅速安装了一个控制齿轮,这样汤姆就能平安地降落后开进停机库。

"有消息了吗?"汤姆从机舱出来的时候,辛普森医生问了一个大家都想问的问题。

汤姆郁闷地摇摇头:"还没有,喷气机无法在风暴中飞行,但这并不意味着我们失败了。下次我要开直升机尝试。"

一会儿,汤姆将滑行船开上天空,前往火山。直升机在风暴外围一切正常,但当汤姆试图接近火山风暴中心的时候,便开始猛烈地摇晃。因为控制飞机过于紧张,汤姆感觉肌肉疼痛。

这架直升机主要是用于短途飞行和轻松操作,因此受到狂风袭击之后开始发出刺耳的声响。

"再飞行几分钟,整个直升机就会散架!"汤姆想道。

汤姆沮丧地放弃尝试,飞回了降落地点。飞机落地的时候,他看见亚弗·汉森激动地从蓝天女王里爬出来,向他跑过来。

"怎么了？"汤姆从机舱里大喊道。

"巴德和汉克还活着——至少有一个还活着！"亚弗气喘吁吁地说着，其他人也聚集过来，"我刚刚在飞机上的无线电收到了微弱的广播信号！"

第七章　危险的搜索

"你确定是巴德或者汉克吗?"汤姆抓住汉森的肩膀问道。

"确定!信号很微弱,杂音很大,但是是我们的小伙子,没错!他一定是用了降落伞里的传话器!"

"他说了什么?"

亚弗表情迷茫:"我听不清,像是在说'罕见的……像你……'我就听懂这么多,然后信号完全消失了。"

"你尝试呼叫他们了吗?"汤姆急切地问道。

"当然,我一直在尝试,但是没有回应。"

"那就继续呼叫!"

汉森回到蓝天女王的时候,其他机组人员问了汤姆很多关于滑行船试飞结果的问题。

"我认为没有任何一架飞机能够在风暴区域降落。"汤姆告诉他们。

"或许我的新型旋风飞机能行。"汤姆灵光一现。

"但是飞机在肖普顿。"斯利姆指出,"而且还没有造好。"

"我知道。"年轻的发明家安静地思考了一会儿。

但是飞行机组人员雷德·琼斯说话了:"如果空中救援行动行不通,那我们要怎么办呢?"

"尝试到陆地营救。"汤姆说道,"这是我们唯一的希望了。"

很不幸的是,蓝天女王上没有可以用来长途跋涉的装备。但是汤姆并没有被眼前的困难吓倒。

"我们一定能够穿过丛林。"汤姆对自己说。

在向希德伦咨询可能出现的危险之后,他发出了一些命令。然后年轻的发明家赶紧登上飞行实验室,和亚弗·汉森花了很长时间给肖普顿发去无线电。

"有消息了吗,儿子?"斯威夫特先生清晰的声音从话筒里传来。

"是的,爸爸,有好消息了!"汤姆很快把汉森收到信号的事情告诉了爸爸。"但是也有坏消息。"他接着说,"我们找到了巴德和汉克坠机的地点,但是无法降落——连空中搭救也行不通,这就意味着我们只能到陆地上营救他们。"

"穿过丛林吗?"年长的科学家担忧地问道。

"对,爸爸,我们今天下午开始行动。"

"但是,汤姆,你们并没有此类行动的装备。"

第七章 危险的搜索

"我相信我们会想出办法的。"汤姆安慰爸爸,"不管怎样,还是值得试一下的。如果我们不能穿过丛林,我可能就会使用我的旋风飞机。我认为根据空气动力原理,我们或许能够在狂风中平稳飞行。"

"嗯,儿子你说的或许是对的。我会立刻安排工程队开始工作,并进行试飞,我来开,幸运的话,几天之后你的旋风飞机就能准备好了。"

"太好了,爸爸,我呼叫您,主要就是为了这个。"

汤姆把关于控制器和新发动机型等一些信息告诉爸爸。年轻的发明家问候了家人之后,关闭了无线电。

同时,乔为所有人准备丛林装备箱,里面装有水、食物和驱虫剂。辛普森医生装好医疗设备和额外的急救装备,以备不时之需。

与此同时,每个人都在忙碌地用剪刀、针、线用防水尼龙纺织品给自己制作临时睡袋。蓝天女王上一直装有质量上乘、用于伪装的材料。

汤姆也快速进入飞机上的电子实验室工作。他一个人安装零部件,为每个人准备对讲机,以免有人走散。

烈日当头,这时候内线传来乔让大家吃饭的信号。饥饿的员工享用了一顿美味香肠三明治、沙拉和柠檬汁。

"我们什么时候出发,机长?"斯利姆从桌旁站起来问道。

"一个小时之内。"汤姆回答,"我们先休息一会儿,然后再出发。"

不到两点,汤姆把休息的员工们叫醒。大家背上丛林装备箱,排成一队踏上崎岖的山路。

汤姆让亚弗和两个机组人员留下来看护蓝天女王。汤姆自己装备了信号极强的无线电传播器,确保与他们保持联系。

汤姆提醒着同伴们:"记住,朋友们,我们到达高地之前,路不好走,天气也很热。我们要慢慢适应。"

大声向三位守卫蓝天女王的机组成员告别后,营救团队进入了丛林。

丛林里植被茂盛,很难行进。一行人挥舞着斧子和弯刀斩断路上的障碍,一步一步艰难地行进着。

道路两边是高大的乔木、橡树、棕榈树和露兜树,树枝和树桩上都挂满了青苔。

路面上也因为布满了腐烂的树藤和木头而湿漉漉的。"感觉像踩在海绵上。"乔抱怨道。

每走一步,他们都会被奇怪的声音和鲜艳的颜色吸引,艳丽的鹦鹉在枝头上朝他们尖叫,他们还时不时能看见长着橘黄色、紫色或者宝石绿色羽毛的奇怪鸟儿。

"真是鸟儿的天堂呀。"乔治解释道,"以前经常用它们的羽毛来装饰女士的帽子,事实上,当地人现在依然用羽毛做头饰。"

第七章 危险的搜索

赶路的人们看到一个长相好笑的动物蹲在树枝上，它用爪子捂住自己的脸，惬意地打着盹儿，一看到汤姆的营救队伍，它嗖一下跳下树枝，窜到了草堆里。

"那是什么？"乔问道，"坐牛的侄子吗？"

希德伦笑了："是树袋鼠！"

但是这些人并没有心情欣赏有趣的景色。他们汗流直下，又受到昆虫的困扰，每走一步都很难受。

汤姆转向辛普森医生说话，注意到斯利姆目光呆滞。

"斯利姆！你没事吧？"他问道。

斯利姆摇摇晃晃地擦着额头上的汗水："没事——只是有点没睡好觉而已。"

突然辛普森医生大叫一声，指向雷德·琼斯。很显然这个红头发的机组人员没有注意到队伍其他人都停了下来。他耷拉着脑袋，闭着眼睛，向前倒去。

"快来人扶住他！"汤姆大喊。

但是已经太迟，雷德被树根绊了一跤，扑倒在地上，然后栽倒在树丛里，虚弱得没有力气爬起来。

辛普森医生和其他人跑过去搀扶他。"中暑虚脱。"医生快速检查之后说道。

医生给雷德洗了额头，把嗅盐放到他鼻子前，他很快就苏醒了。但汤姆还是建议大家停下来休息一下。

这些人背靠着树桩在休息的时候，汤姆查看了计步器。

第七章 危险的搜索

"哇!太慢了!"他嘟哝着。

"怎么了,机长?"斯利姆问道。

"我们离开蓝天女王之后,直线距离只行进了二千米。"

听到这个令人泄气的消息大家都发牢骚了,为了驱散丛林里的热气,驱赶苍蝇和蚊子,他们不停地扇扇子。

半个小时后,他们继续行进,但是速度依然很慢,渐渐地丛林里夜幕降临。

"最好停下来搭帐篷。"希德伦建议,"这个地区天黑得很快。"

汤姆同意,但是他指出,重点是找到一个好的搭帐篷地点。最后,一队人在丛林一条很浅的小溪旁停了下来。

乔在生火,准备做晚餐,其他人筋疲力尽地瘫坐在地上。

但是汤姆决定趁夜色降临之前查看一下有没有敌人——不管是人类还是动物。

"我和你一起。"辛普森医生主动提出。

他们两个人保持紧密联系,慢慢地扩大查看范围。这时候医生突然大叫一声,汤姆赶紧跑过去。

"怎么了?"汤姆大喊道,他意识到有危险。

医生举起在地上摘下来的开着粉色小花的墨绿色植物,"这是一种罕见的草药,可以用于制药!"他解释说,"这里有很多!"

在汤姆的帮助下,他开始采摘,准备带回肖普顿做实验。

他们两人太专注，以至于没有注意到脚下的地面越来越软。

突然汤姆意识到他们两个人的脚踝都陷入像海绵一样的土里，他挣扎着想要站稳，却发现已经陷到了膝盖的位置！

"医生！"他大喊，"是沼泽地！我们要被吸进去了！"

第八章 石器时代的攻击

两个人慌乱地想要爬到更坚硬的地面上，但是所有的努力都是徒劳，黏滑的沼泽紧紧地抓住了他们，每走一步，他们就会陷得更深。

"坚持住，医生！"汤姆终于大声喊道，"我们这样只会让情况更糟！"

两个人喘着气，焦急地看着彼此。他们用对讲机联系同伴，但是没有任何回应。

"或许我们大喊的话，他们能听见。"医生提议。

他们喊破了喉咙，但是唯一的回应就是丛林中鸟儿嘲弄的叫声。

最后汤姆说："医生，你的装备箱里有没有鱼钩？"

医生惊讶地看着他："没有，但是我有安全别针，可以弯成鱼钩，问这个干吗？"

"我有一个想法，但也有可能行不通。给我一些别针和一卷手术线，好吗？"

这个时候，两个人的大腿已经陷到了不断冒泡的沼泽里。但是医生还是成功取出针线，递给了汤姆。汤姆把线缠到折叠刀的环上，然后又用几个弯曲的曲别针拴在线头的一端，把另一端系到自己的腰带上。

汤姆来回地晃着线，用力把线朝沼泽边上的树丛扔过去。经过几次失败的尝试后，汤姆终于把线甩到了一根从树枝上垂下来的蔓藤上。

医生屏住呼吸，看着汤姆开始慢慢地收线。他们两个都担心因为用力太大，线会断掉或者是别针掉下来。但最后汤姆终于把树藤拉到足够近的距离，小心翼翼地抓住蔓藤。

"你成功了！"汤姆抓住蔓藤的时候，医生欢呼起来。

"等我确定它能否支撑我的力量再欢呼吧。"汤姆提醒他。

医生让汤姆先走。"两个人一起太重，行不通。"他说，"我会抓住这一端。"

汤姆朝蔓藤慢慢地移动着，渐渐地抵达安全的地面。汗流浃背，满身泥泞的汤姆终于从沼泽地里爬了出来。

"快，医生！"他喊道。

几分钟后，医生瘫坐在汤姆旁边。

"我这条命是你的。"他感激地说道。

汤姆摇摇头，笑着说："要不是你的手术线和安全别针，我们俩就都没救了。"

第八章 石器时代的攻击

休息了一会儿之后,他们回到了营地。两个人拿着手电筒一步一步地摸索着穿过了丛林,尽管有手电筒,他们还是举步维艰,十分钟后,汤姆突然停了下来。

"怎么了?"医生问道。

"我们在转圈!"

他用手电筒照射了一下四周,发现了把他们引到沼泽地的那片开粉色花的草药。

"哇!"医生打了个寒战,擦着眉头,"再走几步的话,我们很可能又掉进沼泽里了!"

他们又继续缓慢、艰难地往营地走去。几分钟过去了,他们还是没有在林子里看到帐篷。

汤姆再次停了下来沉重的说:"面对现实吧,医生,我们迷路了。"

"我建议我们再喊一喊。"医生提议道,"至少我们可能在他们能听见的范围内。"

"好吧——咱们俩一起。"汤姆同意了,"如果没有回应的话,我们再用对讲机试试。"

两个人吸足了气,然后开始大声呼喊同伴。但是很快,袭来了一阵致命的小块尖角石石弹,两个人吓得躲了起来。

"掩护好!"汤姆喊道。

他和医生把脸埋在了灌木丛里。几分钟后,石弹落到他们的周围,攻击戛然而止。

两个人蹲在黑暗处，等待着下一波攻击，但是对方没再攻击了，寂静的夜里只能听到丛林发出的奇怪声音。

"是谁攻击我们？"医生问道，"是敌视我们的本地人吗？"

"一定是。"

他们冒险从藏身处走了出来，谨慎地查看周围，却没有看到任何攻击者。

汤姆拿着手电筒照射地面，看到了很多弹子大小的打磨光滑的石头："看看这些弹药，这些当地人用的一定是弹弓。"

医生捡起一块石头开始研究："他们用的肯定不是玩具枪！如果被这样的一块石子击中要害，很可能会丧命。"

汤姆和医生都感觉很害怕。"我们最好赶紧回营地！"医生说道。

尽管被树木划出伤口和瘀青，他们还是用力地穿过丛林，半个小时后，他们看到了乔生起的营火，他们在营火周围瘫坐下来的时候，大家都欢呼着。

"我的天呀！你们去哪儿了？"斯利姆问道。

"我们可真是什么危险都见过了。"汤姆疲惫地坐到地上说道。

满身瘀青、血迹斑斑的汤姆和医生浑身是泥土，看起来很狼狈。他们在河边清洗的时候，把经历讲给同伴们听，之后医生给两人的伤口涂上了消毒剂。

"你们两个淘气鬼终于回来啦。"乔说道,"我们真应该吃点东西,我去炖一些。"他转身走开。

雷德·琼斯说:"汤姆,那些当地人长什么样子?我是说那些用石头攻击你们的人。"

汤姆耸耸肩:"我们没有看到他们,他们是突然袭击我们的。"

"但一定是一些原始人。"辛普森医生说道,"这些投射物显示了一种古文化,但愿不是食人族!"

"食人族!"山姆·巴克一想到这个脸都白了,"不好意思,我没胃口吃饭了!"

斯利姆说:"但愿他们也没胃口了。"

乔朝汤姆眨眼,然后像是被冒犯了一样皱了皱眉头:"在你们做出草率的决定之前,先闻闻我做的东西吧,我一直为你们准备着呢。"

这个厨师掀开锅盖,搅拌着锅里正咕噜咕噜炖着的美食。

山姆闻到香味吸着鼻子,他咧嘴笑了:"好吧,乔,你说服了我,说到底,吃饭才有力气嘛!"

大家欢呼着,围到营火边,把盘子递向乔。但是每个人的心里都很恐惧,尽管大家都没说话,但都在想着同一件事情:巴德和汉克难道已经被吃掉了?

汤姆尤为担心。据说很多部落很友好,至少他们第一次接触的几个A国人是这样。今晚的攻击难道意味着这些当地人已经惨遭充满敌意的A国人的袭击?

安全起见,汤姆安排人夜晚站岗放哨。他和斯利姆·戴维斯先睡觉,他们疲惫地钻到了睡袋里。过了一会儿,汤姆醒来,发现站岗的雷德·琼斯正焦急地摇晃着他。

"恩?怎么了?"汤姆睡眼惺忪地咕哝着睁开了眼睛。

"我们听到了枪声,机长!"

汤姆顿时警觉起来,赶忙从睡袋里爬了出来,丛林被黑暗笼罩着。

汤姆和两个哨兵紧张地等了几分钟,但是再没有枪声传来,只有远处的夜莺叫声打破诡异的寂静。

"确定没有听错吗?"汤姆问道。

两个哨兵迟疑地看着彼此。"听起来像枪声。"雷德回答。

汤姆醒了将近半小时。确定再没什么新情况发生后,他又回去睡觉了。睡前他告诉雷德和另一个值班人听到一点点动静就把他叫起来。

一直到早上没有发生任何事情。早饭后,探险队准备出发。

这时候巴卡尔大叫一声,所有人都跑到他那里,吓得说不出话的他指着自己的睡袋。

从睡袋里爬出来一个长着明亮的绿眼睛的金色怪物!

第九章　长翅膀的部落

"是蟒蛇!"乔治·希德伦大叫道,"是一条绿色树蟒!"

这条蛇慢慢地从山姆的睡袋里爬了出来。

"看起来更像是黄色。"乔低声说道,"更别说这些黑白色的斑点了。"

"这是一条小蛇。"希德伦解释道,"随着它长大,颜色就会变成明亮的宝石绿。"

"山姆看起来倒是挺绿的!"有人大笑着说。

山姆不停喘着粗气,明显地颤动着,他很虚弱。"你是说我整晚都跟这条蛇睡在一起?"他颤抖着问道。

他一下跌坐到草丛上。"好了。"他抱怨着,"我现在开始就不干了!"

"别,你不能放弃,牛仔!"乔坚定地说道。他伸出自己长满老茧的手,把垂头丧气的山姆从地上拽了起来,"听着,山姆·巴克,我们的两个好朋友,巴德和汉克还等着我们救他们呢，我们不能让他们失望，放弃就等于自己把脖子放到刀刃下面，知道吗？"

看着厨师的神情，山姆脸红了，他似乎又振作起来。"我——我想你说得对，乔。"他低声说道，"没有找到巴德和汉克谁都不能说放弃。"

"这就对了。"乔拍了拍山姆，高兴地赞许道。

同时，这条小蛇也不动弹了，但是身体还有一部分在睡袋里，它犀利的眼睛眨都不眨，慵懒地看着这一群人。

"看起来它似乎不想离开温暖舒适的床。"斯利姆笑着说道。

"我们是肯定不能带上它的。"汤姆说道。

汤姆从树上砍下一根树枝，小心翼翼地让小蛇动弹，它窜到了灌木丛里，希德伦担忧地看着它就这样消失了。

"这条蛇可能还有同伴。"他提醒其他人，"一条成年的树蟒很危险的。你们上路的时候一定要小心。"

之后，其他人准备好之后，汤姆发出信号。

"救援团队呼叫蓝天女王……请接听！"

一会儿，亚弗·汉森回复："汤姆，你错过了肖普顿发来的消息。"

"有什么重要的事情吗？"汤姆问道。

"你爸爸被叫去签署另一个国防合同了，但是他说现在还要解决你的旋风飞机和控制器的一些问题，应该等你回来的时

第九章 长翅膀的部落

候,旋风飞机就能准备好了。"

"太好了,亚弗,还有其他消息吗?"

"是的,警察已经和你的表哥艾德·朗斯特里特谈过了,现在他们正试图从U城的店主那里获取线索,我不知道所有细节,但是显然他们知道了雕塑在谁手里。"

汤姆非常满意。"貌似事情都在一件件解决!"他说道,然后又说,"我们的事情也会解决!"

他把离开蓝天女王后发生的事情简要地跟亚弗说了一下。当他提到雷德·琼斯和另一个哨兵听到的神秘枪声时,亚弗插嘴道:"嘿!那一定是我,汤姆!"

"你?怎么会呢?"

亚弗解释说他看到飞行实验室周围的丛林里有光亮在移动:"我猜想一定是受到惊吓要攻击我们的当地人,所以我就朝空中开枪了。"

"然后发生了什么?"

"没发生什么。我猜想枪声可能吓到他们了。"

汤姆仔细思考了一下这个消息:"好吧,不要抱有侥幸心理,亚弗,我们也不能轻易树敌,如果这些本地人真的在附近,那么我们应该友好相处,汉克和巴德的性命还取决于他们呢!"

"你说得对,机长。"亚弗担忧地说道,"从现在开始,我会注意的。"

汤姆挂断信号之后，摘下天线，把传话器装了起来。很快，营救队伍就上路了。

他们不得不再一次穿越丛林。但是早上新鲜的空气让他们感觉比之前舒适，而且树上飘着的薄雾让空气很凉爽。

一群人高兴地挥舞着斧头和弯刀，吹着口哨，开着玩笑。有的时候，他们只能走非常窄的路，但他们最终来到了一条空旷的石头路上。

"等一下。"汤姆突然大喊。

这些人聚集在汤姆的身后，瞪大眼睛看着眼前的景象，一条长约四米的绿色蟒蛇盘踞在一块儿平滑的卵石上。

"我的天！这条蛇太大了。"乔小声说道，"一定是之前那条小蛇的亲戚。"

"是的。"乔治·希德伦表示同意。这条蟒蛇慢慢地卷起尾巴，懒散地扭过头来用犀利的眼神看着他们。

"我猜我们打扰了它清晨的日光浴。"斯利姆说道。

"或许是你说的那样，也或许它需要吃些维生素了。"乔补充道，"它看起来就是很懒的生物！"

"毫无疑问，它刚吃完东西。"德伦指着蟒蛇突起的身体中部说道。

"啊，啊。"雷德·琼看到了蛇的食量之后惊叫着，"你觉得它刚刚吃什么了？"

"一头小野猪，或许。"德伦说道，"树蟒的消化能力是

惊人的。"

"不要看我。"雷德·琼斯抗议道,"也别去惹那条蛇!"

总是愿意发现新美食的乔开始低声咕哝着"树蟒派",同时还提到了炖响尾蛇的菜谱。但是汤姆立刻对他的想法表示反对。

"让这条蛇先享用它的食物吧,我们会享用我们自己的食物。"年轻的发明家说道。

营救团队给蟒蛇留了足够的空间休息,然后继续前进。随着太阳不断升高,天气开始热得难以忍受,很快大家都开始汗如雨注。更让他们不舒服的是,丛林里的昆虫被他们身上的汗水吸引过来。

"是我自己的想象,还是蚊子真的越来越多了?"斯利姆停下来拍打自己的脸和胳膊的时候问道。

汤姆甩开头上嗡嗡叫的飞虫。"它们肯定——"他突然大叫一声,"我的天,伙计们,快看我们的身后!"

人们转过身,惊悚地大叫起来。规模有一米五的一大群蚊子,嗡嗡地穿过树木向他们飞来!

"太恶心了,简直就是一支蚊子部队呀!"乔大喊道,"我们快跑吧!"

"快!拿出你们的驱虫剂!"他们跑开的时候医生喊道。

机组人员从装备箱里翻出驱虫剂,往自己的脸上、腿上和

第九章 长翅膀的部落

胳膊上涂抹药膏,一半还没涂完,这些讨厌的昆虫就又飞了过来。

"不管用!"雷德抱怨道。

"这么一大群蚊子,用什么也不管用。"希德伦说着,挥舞手臂驱赶蚊子。

但是蚊子毫不妥协,继续攻击他们,并发出刺耳的嗡嗡声,机组人员露出的每一寸皮肤似乎都被蚊子叮到了。

绝望的人们开始疯狂地跑着,向林子的四处散去,但是这些蚊子还是继续追赶他们!

汤姆发现自己和乔并排跑着,惊讶于这个矮胖短腿的厨师居然可以跑得这么快。

"前面是水吗?"厨师喘着气,指着前面林子里像丝带一样闪着银光的东西说道。

"对的,是小溪。"汤姆大声说道。他抬高嗓门,大喊起来,"所有人到这边来!我们可以藏到水里来避开这些蚊子!"

汤姆和乔跑道溪边,一头扎进了溪水里。

第十章 乔受惊了

尽管水面闪光,但是水里满是烂泥。一沉到水里,汤姆和乔就发现水里全是杂草和泥土。他们浮上水面之后,蚊子依然从四面飞来。

"把鼻子和嘴露在外面。"汤姆大喊着,心里祈祷周围不会有鳄鱼。

厨师麻利地照做了,他疯狂地挥着胳膊在水里挣扎着,他的头仰着,几乎整个人都待在水下。

昆虫渐渐地都飞走了。

"好了,我猜我们应该安全了。"汤姆说道,抬起了头。汤姆划了几下,游回岸边。

乔在后面扑腾扑腾地跟着他游。

他们一起从水中游到了岸边,两个人身上都是泥土和绿色的泡沫。

健壮的厨师筋疲力尽地躺在地上,喘了几分钟之后才开口说话。他语气微弱地说:"真不知道哪一个更糟糕——在乱

泥布丁中溺亡,还是被它们口中的电锯生吞活剥?"

"我选择布丁。"汤姆笑着说,不一会儿突然坐起来,"嘿!其他人去哪了?"

乔睁开眼睛,环顾四周:"没有看见他们,他们一定是在我们跳进水里的时候找其他掩护藏了起来——如果那还称得上是水的话!"

汤姆伸手拿过装备箱,从里面拿出来一台小型对讲机,庆幸自己把它用防水盒子密封了起来。拔出天线,他用拇指按了几下信号钮,对着麦克风喊道:

"汤姆呼叫所有人!汤姆呼叫所有人……请回话!"

他们一个接一个地通过接收器回话:"我是斯利姆,汤姆!""我是山姆·巴克,机长!""我是辛普森,汤姆!"

几分钟后,他与所有人都取得了联系。"我们立刻在刚才分散的地方集合。"年轻的发明家告诉他们。

几分钟后大家聚集在一起的时候,表情都很难过。每个人身上都布满了昆虫叮咬的痕迹。雷德·琼斯是队伍里被咬得严重的一个,整个脸都肿了起来。

汤姆把他们带到溪边,让他们清洗一下痛痒的伤口。然后辛普森医生给每个人涂了一些润肤液,帮他们消肿止痛。

"我们最好吃晚饭再继续前进。"汤姆说道。

乔烧开水,煮了茶水,其他人吃了一些凉的食物。休息了一小会儿之后，他们又出发了。

他们艰难地在环绕山谷周围的小山丘爬着，行进速度越来越慢。有的地方树木并没有之前茂盛，但是爬陡峭的山坡要比走平坦的路更费力。

下午三点左右，他们到达了一条满是岩石的峡谷。汤姆走在前面，他们排成一排在峡谷里走。

他们走到另一端的时候，汤姆让他们休息一下。大家一个个都重重地瘫坐到地上，累得上气不接下气。

"希德伦去哪了？"汤姆注意动物学家不见了，于是问道。汤姆猜想他可能在队伍的最后面。但是没有人知道他干什么去了。

汤姆向来时的路望去，没有听到岩石或者是杂草的动静。"嘿，乔治！"他把手放在嘴边大喊，"乔治·希德伦！"

他的声音在悬崖峭壁间回响，把丛林里一群红黄色的鸟儿都吓飞了。

汤姆非常担心，他用对讲机呼叫，但是没有回答。

"或许是这些高墙阻隔了信号。"斯利姆·戴维斯说道。

"有可能。"汤姆担心地皱着眉头，挠着头发，"不管怎样，我们要找到他。他可能受伤了！"

汤姆号召队员重新集合之后，带领他们穿过通道。出了通道，他再次用对讲机呼叫，依然无人应答。

"我们最好分散开寻找。"汤姆告诉其他人，"一定要用

第十章 乔受惊了

对讲机保持联系——我们不想再有成员失散！"

汤姆离开了营救团队开辟出来的路，走到了路边的灌木丛中，树上挂满了蔓藤，藤上开满了金色、紫色、红色和橘黄色的兰花。

突然他看到一束耀眼的光芒，汤姆向远处望去，看到了林间有一条银色的电线。

但是电线立马又消失了。那是对讲机的天线！

汤姆大喊一声，向乱丛中冲过去。不一会儿，他到了一块儿空地。希德伦站在那里，高兴地笑着。他旁边有只长相奇怪的灰色动物，缠在了电线上。

"我的天！你去哪了？"汤姆问道。

"抓一只小沙袋鼠。"希德伦指着自己的战利品。这只看起来像老鼠的小沙袋鼠足有一米长。"它其实是袋鼠的一种。"希德伦接着说道："母袋鼠有袋子，而——"

"你讲的都很有趣。"汤姆直接打断他说话，"但是你为什么不告诉我们你要做什么？你不知道我们所有人都在找你吗？"

"不好意思。"希德伦道歉说，"我发现这只袋鼠藏在树丛里，觉得有可能抓到它。我不想叫你，怕发出信号，它会受到惊吓逃跑。"

汤姆非常生气。显然希德伦觉得抓住这只老鼠比救巴德和汉克更重要。但是汤姆控制住情绪，平静地说道："那么，现在你抓住了它，要怎么处理呢？要不是发现天线，我还找不到你。"

"刚才我尝试联系你们。"希德伦解释说，"但是对讲机好像不好用了，我知道自己走出来很不明智。如果不是你碰巧找到我的话，我很可能就被困在这里了！"

情绪缓和下来的汤姆帮他检查了对讲机，发现了问题，电线连接断开了，或许是希德伦追赶动物的时候松动了，修好之后，他把所有人召集到一起，继续赶路。

黄昏时刻，疲惫的队伍在山脚一个空旷的地方搭了帐篷。乔想用香喷喷的米饭和罐装香肠来勾起大家的食欲，但是由于昆虫叮咬，加上旅途劳累，他们根本没有心情享用美食。他们安静地吃完晚饭，爬进睡袋里睡觉了。

最后只剩汤姆和乔还醒着。乔在收拾残汤剩饭，汤姆倚着一块石头，仰望太空。透过一簇簇的树梢，他看到天空上布满了星星。

汤姆悠闲地找到了南十字座和其他一些热带星座。这时候他想到了巴德和汉克，他感觉自己的喉咙一阵紧。现在他们一定绝望了，或许他们已经死了！

最糟糕的是，汤姆和自己的队伍也帮不上忙，他们唯一能做的就是非常缓慢地穿过丛林。同时亚弗和两个哨兵也让他很担心，如果充满敌意的当地人再次攻击了蓝天女王怎么办？

"啊啊啊！"突然一阵尖叫声毫无预警地传来！

第十章 乔受惊了

汤姆惊吓着跳了起来,他看见乔向他跑来。因为过于害怕,厨师在营火旁边跌跌撞撞,要不是汤姆扶住了他,他就已经在地上爬了。

"乔!怎么了?"年轻的发明家问道。

"有,有怪物!我刚刚看见有怪物!"惊恐的厨师大喊道。

第十一章　神秘的石弹

"好了，镇定点，乔，别说胡话了。"汤姆对乔说道，"你看见了什么？"

"两只恐怖的大眼睛，在黑暗处盯着我！"乔回答，"一定是丛林鬼怪。"

"好了，好了！"汤姆说道，老牛仔止不住地发抖，"告诉我你在哪里看见的，乔。"

"就在营地的那头。"

汤姆和乔一起跑到了厨师说的地方。

"就在那！"乔用颤抖的手指指着黑暗处说道，"你看他们！眼睛像燃烧的煤炭一样盯着我们！"

他们看到远处的黑夜里有双火红色的眼睛正盯着他们。这个时候整个队伍的人员都醒来了，他们半睡半醒地瞪着这对奇怪的一眨不眨的眼睛。

汤姆突然大笑起来，然后搂住这个厨师。"放松，乔，我相信这只是一种鸟儿或者其他动物，我们用手电筒照一下看看。"

其中一个人赶紧跑去拿来手电筒向黑暗处照射,照见树枝上蹲了一只奇怪的动物。它的外壳像房子,有着巨大的绿眼睛,尾巴一部分有毛,一部分很光滑,看起来像个小怪物。

"有什么可害怕的?这是一种树袋动物!"乔治·希德伦欢呼道。

"我才不管是什么树袋动物。"乔回驳道,但是也有点不好意思地脸红了,"我差点被这种可怕的动物吓死了!"

乔走到树枝前面,用围裙赶走这只动物。"快走!要不然我用棒子打你!"

这只树袋动物没有被吓跑,反而继续面无表情地瞪着乔。束手无策的乔转向了乔治·希德伦。

"别光站在那里呀!"他大喊,"快把它弄走!"

希德伦摇摇头。"我不行。这种动物动作缓慢,反应迟钝。但是很容易被惹怒。"

这时候,这只树袋动物似乎要发起攻击,发出刺耳的"吱吱吱"声!

乔吓得差点仰了过去。他赶紧后退,低声说:"讨厌鬼。"其他人大笑起来。

这个树袋动物似乎对自己取得的胜利感到满意,蹿到了黑暗里。乔放松地舒了口气。

"最好还是安排人夜间站岗。"汤姆说道,"我们一组一

第十一章 神秘的石弹

组轮流站岗,雷德和山姆,你们站第一班。"

其他人钻进洞穴入口附近的睡袋里睡觉去了。很快营地又恢复了一片寂静。

就在破晓前夕,他们被头顶巨大的嗖嗖声惊醒。

"是蝙蝠!"正在放哨的斯利姆大喊道,"有一百多万只!"

空中黑压压一片全是蝙蝠,即便是在远处,也能看到它们像人的胳膊一样长的翅膀。

被惊醒的人们从睡袋里爬出来,跳了起来。

"是会飞的狐狸吗?"汤姆问希德伦。

动物学家点点头,入迷地看着飞来的一群动物。"大多数人这么叫它们,实际上它们是狐蝠的一种。"

下一秒,营救团队的人们慌乱地四处逃散,这些蝙蝠径直朝他们飞来!

"哦——哦!这个洞穴一定是他们的家。"汤姆大声喊道。

他的话还没说完,这些蝙蝠就已经冲了过来,翼梢擦破了汤姆的脸颊。年轻的发明家躲到了一边,但是这些蝙蝠将他团团围住。他想逃跑,但是脸上被重重地打了一下,倒在了地上。

其他人躲到树下,接着又趴到地上,三分钟后,这些蝙蝠停止了攻击,消失得无影无踪。

"那个山洞一定很深。"医生观察到。

乔咕哝着。"我不要再冒险了,如果你们想吃美食的话,你们一定要跟我到安全的地方去拿。"

但是天亮之后,厨师改变了主意。人们都到河边洗脸,他生了火,开始做早餐。

希德伦来找汤姆。"我觉得我应该到周围找找袋鼠。"他说,"如果想抓的话,我能够抓到一只。"

"你不觉得一只小沙袋鼠就够我们费神的了吗?"汤姆说道。

希德伦耸耸肩,微微一笑。"我再做一些记录,画一些画之后就把它放了。"动物学家背着自己的装备箱走了。

很快,空气中就弥漫着培根和玉米饭的香味。几分钟后,乔敲着炖锅通知大家吃饭。

"好的,孩子们!多吃点!"他鼓励着,"我们要有足够的力气穿越丛林找巴德和——"

他话还没说话,突然开始大叫,因为营地受到了石头的攻击。

"又一次袭击!"汤姆大喊道,"大家赶紧躲避!"

人们疑惑地张着嘴,迟疑了一会儿,这时候石弹再次袭来。汤姆的团队想要跑进山洞里,但是立刻改变了注意,蝙蝠很可能会再次攻击他们!

"走这边!"汤姆大喊道。他抱着石头爬到了山顶,在那

第十一章 神秘的石弹

里他看到了另一个洞穴。

人们一个接一个地赶紧跳了下去。他们进到洞穴之后,就赶紧缩成一团,躲在黑暗里,喘着气。

"哇!"斯利姆大喊道,"汤姆,貌似你的老朋友们还没有忘记我们。"

"他们现在可能已经在给我们贴标签了。"年轻的发明家低声说道。

他紧张地等待着,心里在想这些攻击者是否已经停止了袭击。但是很显然他们很狡猾,或许是因为害怕,也或许是谨慎。十分钟过去了,敌人没有再发动进攻。

"待在这里。"汤姆命令其他人,"我出去看一眼。"

他消失了一会儿,很快又回来了,告诉大家没有人袭击他。"我相信敌人已经走了。"他说道。然后汤姆皱起了眉头,"我担心希德伦,没有看到他。"

人们从洞穴里出来,下了山,谨慎地分散着回到帐篷里。但是他们没有看见攻击者,也没有看到动物学家。医生开始照顾被石弹袭击的人,一个欢呼的声音问道:"嘿,发生了什么?"

一群人转身看到乔治·希德伦从树丛里走出来。

"近距离战争!"乔吼道,"幸好你不在这,孩子!"

他解释了刚才发生的事情,希德伦感到特别惊讶。

他惭愧地说:"一想到你们经历了如此令人激动的事情,我却连一只老鼠都没有抓到,更别说是袋鼠了!"

尽管汤姆想催促大家继续寻找巴德和汉克,他还是给大家足够的时间让乔重新准备早餐。同时,他研究了这些石子子弹。

"发现了什么吗,机长?"医生注意到汤姆激动的神情,问道。

"当然有发现!"汤姆大声喊道,"这些石弹是用钛制成的,就是和在肖普顿被偷的雕塑一样的材料!"

这个消息引起了大家的兴趣。人们都围了过来,惊讶于汤姆的发现。

"你确定吗?"希德伦问道。

"非常确定。我甚至不需要用光谱仪分析。"汤姆指着闪光的橘黄色的小石弹,解释了它的颜色、质地、重量、硬度和整体感觉与动物人形的相同之处。

"太棒了!"医生说道,"这就意味附近有大量的稀土!"

"对!但这还不是全部。"汤姆继续说,"记得亚弗收到的巴德和汉克发来的信号吗?他们说'稀有——就像你——'整个句子应该是'稀土,就像你在雕塑中发现的一样!'"

大家激动地欢呼时,汤姆又猜想着各种可能。难道是他的

朋友发现了石弹成分的秘密？矿藏肯定没有被石器时代的野蛮人开采或加工！但是这些石弹有多久远呢？可以追溯到史前时期吗？还是这些石弹是活下来的敌人自己制作的？

第十二章　弹弓线索

"那么我们现在做什么,机长?"雷德·琼斯问道,打断了汤姆的思绪。

"你们吃早饭。"汤姆回答,"斯利姆和医生跟我一起来好吗?"

"当然。"斯利姆爽快地答应了,"但是干什么去呢?"

"我刚刚想到了一个主意,如果我们能找到刚才袭击我们的人的话,或许就能找到巴德和汉克。"

"按照乔治的说法,你应该是对的,汤姆!"辛普森医生特别激动,"我们走吧!"

他们围着帐篷来回转圈,仔细地检查营地的泥土和茂盛的灌木丛里是否有人的脚印。但是,汤姆自己的人几分钟前刚刚在寻找敌人时踩过了这里。

"我们得走远点。"斯利姆说道。

但即使走到了营地边上他们被石弹袭击的地方,依然没有发现任何人类的足迹。

第十二章 弹弓线索

"看来我们没有找到。"医生擦着眉毛叹气道。

汤姆点点头,大声喊道:"这些丛林人隐藏痕迹的功夫真是太厉害了!我看我们的能力不足以解决……"

汤姆突然不说话了。他走到高高的草丛里,双手捧起一长条未硝的皮革,两端成锥形,中间较宽,鼓起一个袋子。

"这是什么?"斯利姆问道,迷惑地看着。

"是皮弹弓,或许他们刚刚就是用这个袭击我们的。"

"毫无疑问。"医生同意道,"至少我们的方向是对的!"

重新振作的三个人继续寻找,但是他们没有找到任何线索和足迹。一个小时后,他们终于放弃,回到了营地。

乔为他们煮了新鲜的食物。他们吃饭的时候,其他人研究着这个皮带弹弓,讨论着他们未曾见到的当地人。

"我觉得我们现在一定要提高警惕。"厨师说道,"一不小心,连脑袋都可能丢掉!"

"你说得对,乔。"汤姆点头说道,"从现在起,我们行动的时候每个人都要非常小心,坚决不要掉队!"他看着乔治·希德伦,补充说道。

动物学家没有说话,但是当营救队伍上路的时候,他也准备好了。他们这次走的路还是通向山顶的上坡路,高耸的山峰直入云端。

然后他们似乎又来到了平原地区。但是整个道路依然非常崎岖，乱丛更加茂密，也使得穿过草丛更加困难。一行人浑身脏兮兮的，腿脚酸痛，大汗淋漓，他们呻吟着拿着斧子和弯刀开辟着道路往前走着。

"我真希望能回到空旷的地方。"乔大喊道，"在那里至少可以看得到前面的路。"

一想到与坠机地点的漫长的距离，汤姆感到很失望。行进速度如此缓慢，怎么可能找到巴德和汉克呢？

"或许我们应该回到肖普顿，把旋风飞机开来，重新回到火山之间的风暴中心。"他想着，"而不是继续在这里跋涉。"

汤姆一遍遍地在脑海里想着这个问题，心不在焉地带着队友们前进。但是斯利姆·戴维斯的一声尖叫把汤姆从思绪里拉了回来。

"山姆！你的腿！"看向巴卡尔，年轻的发明家惊讶地发现他的膝盖以下全是血！

"是山蛭！"汤姆大喊。

"天呀！我们身上都有！"斯利姆大喊道。

其他人赶紧看自己的腿，他们扔下斧子和弯刀，开始挠腿，用力地拽掉这些吸血鬼。

辛普森医生拿出急救设备，给每个人的腿上都涂了润肤液。"这样可以止血。"他解释道,"现在用薄纱缠住你们的腿和脚踝,用胶带粘上,这样山蛭就不会来了。"

几分钟后,队伍继续上路了。他们继续前行的时候,山姆·巴克大声唱起来:"啊,漂亮的R国!

真是度假的最佳地点!

这个天堂之岛——"

"——是正确的选择。"乔气急败坏地加了句结尾。

其他人大笑着继续赶路。下午的时候,他们来到了一条很深的峡谷旁,中间一座摇摇晃晃的桥,这是当地人自己用藤蔓编成的。

"这是唯一的路。"斯利姆说道。"看下面!"

峡谷的深度足以建一座高楼,峡谷里满是杂乱的树木和草丛,像是给谷底铺了一层厚厚的地毯。

"现在怎么办,汤姆?"斯利姆·戴维斯问道。

"我先走,看一下桥结不结实。"

雷德·琼立刻大声反对。"你不能去,机长。"他喊道,"那个东西不安全!"

乔说道:"如果有人要尝试的话,那也是我乔,如果这座桥能承受我的体重,那么就一定能承受你们的!"

但是汤姆不顾他们的反对。"我让你们和我一起探险。"他安静地说,"我不能让你们做我不愿意冒险的事情,而且,

第十二章 弹弓线索

这些本地人编藤蔓桥很拿手的，我走走看！"

汤姆一步一步小心翼翼地在狭窄的桥上走着，其他人屏住了呼吸，桥在裂缝的悬崖上摇晃着。

"我真不喜欢做这件事。"乔担心地说道。

"我也不喜欢。"山姆·巴克说道。

汤姆走到了中间的时候，辛普森医生透过营地眼镜看着他行进着，忽然惊叫一声，"另一端的绳子松了！"他尖叫道。

藤蔓桥的一端现在只有几根绳子拴着！

汤姆听到医生大喊，停下来回头看。

他的朋友们焦急地正挥手示意他回来，大家一起担心地喊道："快回来！快回来！"

汤姆不知如何是好，犹豫了一秒，然后向前看去，发现了危险，赶紧往安全的地方狂奔。

但是他行动得太迟了，桥的另一端发出巨大的声响掉了下去，汤姆也坠向了峡谷！

第十三章　不祥的信号

汤姆的同伴们惊恐地看着断桥搭在了峡谷之上，汤姆面对令人眩晕的俯冲不知所措，但是他奇迹般地抓住了藤蔓，手和腿都勾在上面。

摇摇晃晃的桥撞到距离较近的一堵墙，冲击力导致汤姆呼吸困难。他挣扎着，眼前的一切都在移动，他的同伴们也一窝蜂地行动起来。

"抓住那些藤蔓！"斯利姆大喊道，"固定住！要慢慢地！"

他们抓住桥的上端，一点一点地把汤姆拉了上来。尽管他们动作很小心，汤姆还是蹭到了墙壁上。等他终于爬上来的时候，已经几乎处于半昏迷状态。他们迅速解开汤姆身上的藤蔓，让他平躺在软和的草地上。医生给他用了嗅盐，过了好一会儿，汤姆才开口说话。看到一群人围着他，他勉强地笑了一下："我都不知道自己还是杂技演员，你们知道吗？"

"快吃点镇静剂吧，刚才那一会儿我真以为你是杂技演员

了！"乔大声说道,"别动,孩子!"他看到汤姆想起身,赶紧说道。

汤姆乖乖地听他的话,医生过来给他的伤口上涂了消炎药。

过了一会,斯利姆跑了过来,一脸惊恐的表情:"那不是意外,机长!这些绳子几乎都被切断了!"

大家很不安,都没有说话,然后医生问道:"你觉得是谁干的?是那些用石子攻击我们的当地人吗?"

汤姆担忧地说道:"似乎有人不想让我们找到巴德和汉克。"

"或许这次他们成功了。"希德伦插话说道。他指着峡谷,"我们现在怎么办?飞过去?"

他们现在的境况很棘手,峡谷不仅很深,而且两面都是丛林。

乔摸着自己长满胡子茬的下巴:"绕道走太远了,我想我们先爬到峡谷底部,然后再从另一端爬上去。"

"哦,老兄!"雷德·琼斯叫道,"这或许要花上一两天的时间呢!"

汤姆也是同样的想法。

"听着,伙计们。"他说,"巴德和汉克正等着我们尽快去救他们呢,斯利姆,我不在的时候你能负责吗?"

"当然可以,但是你要做什么呢?"

"我想开着旋风飞机尝试飞到火山中间去。"

"那要先回到肖普顿才行。"山姆·巴克打断他的话。

"我知道,我们已经清理出一条道路,一定能很快就回到蓝天女王。我十个小时就能飞到工厂,测试旋风飞机,两三天后就能回到这里。"汤姆激动地笑着说,"看现在的情形,我应该会比你们更先到达坠机地点。"

这些人们互相看了看,最后觉得汤姆说的可能是对的。

乔做出最后的反抗:"尝尝我的牛排吧!你不能单独行动,孩子——尤其附近还有这些要人脑袋的野蛮人。我和你一起回去!"

汤姆同意乔和他一起去。整个下午,他们的行进速度都很快。傍晚时分,他们停下来吃了些冷的食物,然后继续赶路。夜幕降临,整个丛林都笼罩在黑暗里,汤姆和乔打开手电筒。

"我们最好把灯光保持在地面上。"汤姆提议说,"以免引起注意。"

手电筒的光芒在铺满植被的地面上照射出一条路,但是乔的手电筒光芒渐渐变暗,最后完全灭掉了。

手电筒不亮很不方便,只有一个手电筒照路,他们的速度大大减慢,他们一小步一小步地走着,尽量不被地上的乱丛绊倒。

最后汤姆停了下来:"我想我们最好还是先休息一下,等天亮再出发。"

第十三章　不祥的信号

他们放下装备箱，背靠着乔木休息。汤姆决定联系蓝天女王，告知亚弗·汉森他的计划。

"我来联系他吧。"乔主动提出，"我的对讲机就在手边，很方便。"厨师在黑暗处摸索着发射器的时候，说道："我的雷达望远镜呀，我真希望能赶紧回到文明的世界——"

突然他停止说话，因为对讲机里传来陌生的声音。"电池工作状态极好，准备抓捕。"然后就没有声音了。

"我的天呀！那是谁？"乔意识到自己打开了对讲机的时候，大声喊道。

"不知道！"汤姆回答道，一阵担忧用上心头，"那肯定不是当地人的声音，而且这些话不怀好意。"

显然，附近还有其他会说英语的人在使用同样的频率。根据信息内容，他们似乎正预谋着什么。汤姆认为他们或许已经知道了他的营救计划。

"乔，我们要抓紧时间！我不知道现在发生了什么事情，但我希望我们能尽快开着旋风飞机赶回来！"

这种情况下，最好先不要和蓝天女王联系。乔一直开着设备希望能再收到消息，但是没有任何消息了，这成了一个未解之谜。

第一缕阳光升起的时候，汤姆和乔再次出发。他们顾不上吃东西，背着工具箱，一步一步坚定地走着。两个小时后，他们走到了飞机停泊的空地上。

"谢天谢地,你们安然无恙。"汤姆想着。

亚弗·汉森和其他两个机组人员走到开着的机舱门口,和汤姆以及乔打招呼。

"出什么事了吗?"亚弗问道,神情显得特别担心。汤姆把过去二十四小时发生的事情告诉他之后,汉森说道:"我们也遇到了一些麻烦。"

"又一次袭击?"

"就在昨天晚上,这一次他们直接到飞机附近,扔了很多石头,幸好,飞机没有受到破坏。"

汤姆解释计划的时候,乔赶紧到厨房做早饭。

"能回到自己会飞的流动炊事厨房感觉真好。"他端上粥、培根、华夫饼和咖啡的时候说道。

"哎呀,你能回来我们很高兴。"一个叫比尔·本宁的机组人员吃完第三张华夫饼的时候,笑着说道。

吃完早饭后,亚弗对厨师说:"如果汤姆不让你跟他一起回去的话,你愿意跟我们一起留下来吗?"

这个德州人惊讶地问道:"为什么这么问?"

亚弗解释了自己的想法,"这些当地人一定就潜伏在附近,如果他们以为我们都走了的话,一定会出来的,到时候,你和我就能知道他们想要做什么了。"

乔看了看汤姆,征求他的意见。

"好主意。"年轻的发明家说道,"如果你们能查出他们

第十三章 不祥的信号

要做什么的话,就可以提醒斯利姆和其他人。"突然,汤姆有了一个好主意:"假如我们设计让他们自己暴露怎么样!"

"要怎么做呢?"亚弗问道。

"留下一些诱饵,比如说对讲机。"

亚弗笑了:"那一定能把他们引出来!"

蓝天女王做好起飞的准备之后,他们五个人走到了林子里,假装活动筋骨。汤姆是第一个回来的,他特意漫不经心地把一个主要零部件已经丢失的对讲机放在地上。

他正在飞机底下忙碌,应该是在做最后的检查。最后,他爬上飞机,故意忽视被他遗忘在地上的对讲机。

几分钟后,比尔·比林斯和另一个机组人员回来了,他们也爬上了主舱。

很快,汤姆发动了喷气升降机的引擎,地面上响起隆隆的声音,蓝天女王升入天空消失不见了。

周围丛林恢复了往常的声音,被飞行实验室起飞阵势吓到的艳丽的美冠鹦鹉和其他热带鸟儿又飞回了窝里。

同时,亚弗和乔藏在树枝上,他们用厚厚的绿叶做掩护,焦急地等待着。

突然亚弗激动地小声说道:"有人来了!"

第十四章　风暴实验

亚弗和乔一动不动，静静地在树上焦急地等着看清来的人是谁。两个当地人来到了空地上。

这两个身材高大、肌肉发达的当地人上身赤裸，只在腰间围了一块好像是用树叶做成的布，他们头发很浓密、毛茸茸的、尖尖的鼻子上穿了一块波浪形的银片，正小心翼翼地靠近地上的对讲机。

"他们要上钩了！"乔小声说道。

最后，这两个人终于大胆地摸了摸地上的东西，什么都没发生，于是他们捡起对讲机，大步向丛林里走去。

"快跟着他们！"亚弗从树上爬了下来，说道。

他们尽可能不发出任何声音，紧跟在两个当地人的后面，开始的时候，草丛很矮，道路很清晰。但是突然小路和当地人都消失了。

乔摘下帽子，挠着脑袋："我以前很擅长找路的，但是这里真的太难走了！"

第十四章 风暴实验

计划失败了,两个人垂头丧气地回到了空地上。

"至少我们可以通过无线电提醒斯利姆和其他人。"亚弗说道,"但我不想让消息被别人听到。"

乔安静地思考了一会儿,突然想到了一个好主意。"或许我们可以用暗号,比如:一、二,穿好我的鞋!我们闻到了鱼腥味,但是那不是炖龙虾!"

亚弗笑了:"可以尝试一下,我们一定要信守对汤姆的承诺。"

同时,蓝天女王正以极快的飞行速度跨过太平洋向北飞去。设置成自动飞行模式之后,比尔·比林斯和赫伯·肖克负责看着,汤姆去睡觉了。

他们穿过不同的时区,望远镜上显示着昼夜的交替。早上八点,他们在企业集团的飞机场上空盘旋着准备降落。

汤姆去找乔治·思灵,并提前发去无线电。汤姆全家人和菲利斯·牛顿都在等他,他们相互亲吻握手之后,汤姆简要地讲了一下营救巴德和汉克的情况。

"还没有找到他们?"桑迪咬着嘴唇忍住不哭。

"我确定他们还活着。"汤姆把一只胳膊搭在她的肩膀上说道,"在家里待一个小时后,我就去测试旋风飞机。"

汤姆洗了澡,换上干净的衣服,吃了热乎的家常早饭,又恢复了能量。他跳上自己的跑车，回到企业集团。汤姆检查了控制器、超声波发动机和新的发动机，确信飞机已经完全做好了最后试飞的准备。

"好了，爸爸，我走了。"汤姆说道，"你可以打电话给艾德·朗斯特里特问他愿不愿意跟我一起去R国吗？如果遇到当地人，他还可以帮忙翻译。"

"我现在就给他打电话，儿子。"

汤姆穿上飞行装备，爬到了旋风飞机的机舱里，机组负责人鲍勃·杰弗斯向他竖起了大拇指。

汤姆做出回应的信号之后，开启发动机。随着转毂嗡嗡地开始运转，飞机一下子飞到了六千米的高空。

"目前一切顺利。"年轻的发明家自言自语，"接下来飞机要接受严峻的考验。"

他稳稳地打开了喷气机阀门，汤姆紧盯着速度显示器看着指针转动着……六百五十千米……七百五十千米……八百五十千米……九百五十千米……

汤姆高兴地大叫着——飞机的速度非常平稳地超过了关键速度！

"但是我还没有测试声障。"他谨慎地想着。

他驾着飞机陡然升空，然后在一万五千米的高度保持平稳飞行。

信号塔传来消息："飞机试飞情况如何，机长？"

第十四章　风暴实验

"目前为止非常棒。"汤姆回答,"一会儿再跟你说,我要下降了。"

"好的,我准备听隆隆的声音。"

"你不会听到的,梅克,我会在卡帕拉湖边降落,这样就不会打扰其他人。"

一会儿,汤姆进行了六十度的俯冲,他几乎从椅子上飞了起来,他看到下面是宽阔的蓝色湖面,忽然,他急速下降,不用一分钟,他就可能冲到湖里!

汤姆震惊地看着飞行速度显示器速度上升。一根白色的指针顺时针转动着,同时一根红黄相间的指针逆时针转动。

旋风飞机正以一千六百千米的速度下降,这时汤姆突然停止了俯冲,一时间,引力让他坐在椅子上动弹不得。

飞机平稳后,他的身体也放松了。

汤姆开心地笑着驾驶旋风飞机进行了一些高难度动作——翻滚、急速转弯以及绕圈,旋风飞机表现完美极了!

"好了,他还在听着吗?"信号塔传来声音。

汤姆笑了:"梅克,非常顺利,它是世界上最好的飞机!"

雷达显示在东部的海上有风暴。汤姆急切地想要再测试自己的旋风飞机,于是朝风暴方向飞去。天空变暗,海面上巨浪翻滚。

"哇!看来是很强的风暴!"他满意地说道。

很快,他就飞入了风暴里。天空上划过明亮的闪电,紧接着响起了隆隆的雷声,飓风似的狂风拍打着飞机盖子。但整个过程中,旋风飞机上升和俯冲都很顺利。

汤姆启动控制器,在椅子上放松了一下。自动驾驶状态下的飞机没有出现任何抖动,顺利地飞行着。控制气缸转动的稳定翼保持飞机平稳飞行。

"我们在云层上飘浮呢!"汤姆笑着说道。

突然警告铃响起来,望远镜看到一道闪烁的光,有一个不明物体在他们上空垂直落了下来!但控制器操作飞机轻松地躲开了。

令汤姆感到惊讶的是,这个物体是一个正在降落的飞行员!

汤姆握住控制器,迅速地转了一圈,然后放慢气缸转动速度,飞机也陡然停住。汤姆飞到飞行员下方的时候,打开了机舱盖,不一会儿,这位跳伞者就切断自己的吊伞索,顺利地跳进了飞机里。

"万分感谢!"他喘着气说道,"但是这个可爱的飞机叫什么呢——飞盘?"

汤姆笑了:"我叫它旋风飞机。"

"但是它是怎么飞起来的?"

汤姆简单地解释了一下,说:"想试一下吗?"

陌生人控制飞行。"不可思议,这是我见过最平稳的飞机

第十四章 风暴实验

了！"他欢呼道，"这个飞机上什么都有，这比手枪还安全还劲爆呢！你说它还可以在陆地上运行？"

汤姆笑着点头。陌生人又说："我是海洋保护区的海军上尉迪韦尔，我的飞机在俯冲的时候掉了一个机翼，如果不是你救了我，我肯定掉到水里了！"

"很高兴我们能帮得上忙。"年轻的发明家伸出手说道，"我是汤姆·斯威夫特。"

上尉听到这个名字瞪着眼睛。"这就清楚了！"他笑着说。

把海军飞行员降落到海军基地后，他的旋风飞机引起了一阵轰动。汤姆回到了斯威夫特企业集团，让他高兴的是，艾德·朗斯特里特刚刚到达，正和爸爸在飞机库等他。

"艾德和你一起去。"斯威夫特先生说道，"好了，儿子，你的飞机达到预想的效果了吗？"

"比我预想的还要好呢，爸爸！"

"那么，我们明天出发。"汤姆对表哥说道。

他们开车去斯威夫特办公室的时候，艾德问汤姆旋风飞机有没有名字。

"有。"汤姆回答，"我想叫他德拉姆·霍克。"

"好名字。"他的爸爸说道。

几分钟后，他们从吉普里下来的时候，年长的发明家接着说："现在，汤姆，我要给你一个惊喜，跟我来。"

第十五章　狡猾的走私犯

惊讶的汤姆和艾德跟着年长的科学家走进了斯威夫特的私人办公室。

斯威夫特先生扳动一个电子按钮，打开了一个保险柜，他把手伸进去掏出来一个闪光的橘黄色雕塑。

"动物神雕塑为什么会在这里！是被偷的那个人形！"汤姆握着雕塑激动地喊着。

"从哪里弄来的？"艾德大叫道。

斯威夫特先生说是警察找到的，他们找到了雇佣狡猾的杰科偷窃的那个人。

"他们依然不知道他的真实身份。"汤姆的爸爸接着说，"但是他的化名是约翰·埃德，毫无疑问就是我们要找的人，他说话带有外国口音。"

"你是说官方还没有监禁他？"艾德问道。

"可惜还没有，警察追踪他到一个出租屋，但是当警察敲门准备逮捕他的时候，他从防火通道逃跑了。不过匆忙之间，他把雕塑落下了。"

"这倒提醒我了。"汤姆大叫道。他把手伸进裤兜里，掏出了一些石弹。

斯威夫特先生饶有兴趣地研究着这些石弹。"天呀，这些石子和雕塑都是由钛元素制成的，是吧？"

"我认为是，爸爸。我会用光谱显微镜来确认一下。"

他们三个人迅速来到了最近的实验室。艾德问道："这些石弹是哪里弄来的？"

"是丛林攻击。"汤姆解释说，"他们很可能是地球上最稀有的石弹了。"

他们用显微镜研究了其中几个，确定是由钛元素制成的。

艾德对这个最新的发现感到震惊："那么你的猜测是对的，汤姆，这个雕塑确实来自R国！"

"不仅如此，这些东西就在巴德和汉克坠机地点附近。"汤姆又严肃地补充道，"如果真的有稀土矿藏的话，那一定是被看起来了，有些人就是不想让我们找到它！"

"当地人会知道这种东西的价值吗？"艾德怀疑地问道。

"不会，但是一个A国人或许会知道。"为了证实他的理论，汤姆告诉了他们他和乔在对讲机里听到的神秘广播。

斯威夫特先生非常担心："你听到的人的声音很可能与约翰·埃德有关，如果是这样的话，他很可能会不惜一切。汤姆，你和你的救援团队一定要好好保护自己！"

第十五章　狡猾的走私犯

"我们会时刻警惕的。"汤姆答应道,"警察找到雕塑流入我们国家的原因了吗?"

"海关人员认为是从R国北海岸空运走私过来的,但飞机上的人员都没有嫌疑。"

汤姆希望第二天早上会有进一步的消息,但是没有。他急切想要出发营救队友,用几分钟做了最后的检查,袋鼠和滑行船已经从蓝天女王的飞机库里推了出来,旋风飞机也装载完毕。

十一点的时候,飞行实验室准备起飞了。就在这时,汤姆注意到比尔·比林斯和赫伯·肖克不在现场,他通过公共呼叫系统联系他们。

一个替班的机械师跑过来说:"机长,比林斯和肖克去其他城市了,你不知道吗?"

"什么?"汤姆非常惊讶。

"是的。他们说你让他们休息一周。"

斯威夫特先生和艾德吃惊地看着汤姆,年轻的发明家气愤地攥紧了拳头。

"那个消息是假的,肯定是有其他敌人抢先一步设计好的!"

"你得找一个替补人员。"斯威夫特先生担忧地说道。

有飞行经验的员工们被广播喊来飞行实验室报到,几分钟后,五十个人集中过来。

汤姆迅速地解释了现在的困境："谁愿意和我一起去？"

这些人抖着脚，尴尬地四处张望，但是没有人站出来。

汤姆和斯威夫特先生都很震惊，年长的科学家开口说话，"你们没有任何人愿意和汤姆一起执行这么重要的任务吗？"

大家依然没有说话。这时一个皮肤粗糙的黄发机械师说话了："据我所知，R国的丛林是个死亡陷阱。"

汤姆非常气愤："我现在看起来非常健康，不是吗？而且巴德和汉克也会安好地回来的。当然丛林营救不是野炊，但是如果我们有常识的话，也不会太危险的。重点是，巴德和汉克还等着我们救命呢。如果你的好朋友有麻烦，你会计较代价吗？谁愿意和我一起去？"

汤姆的话似乎点醒了他们，许多人脸红了，挺直了腰板，这时候，有十几个人站了出来。

年轻的发明家静静地笑了："谢谢你们的信任。我很想把你们都带上，但是企业集团现在只能让出两个人陪我去。"

他选了两个二十出头的技师，给他们十五分钟的时间准备，然后让其他人解散了。

最后，机组人员爬上了飞机，汤姆坐到驾驶室，他高速发动飞行实验室，再次跑在了太阳的前面，直到早上他们才抵达两座死火山附近。

汤姆打开无线电收发机，发出信号，他立刻联系上了斯利

姆的队伍。

"我们看到你来了，机长！"斯利姆欢呼道，汤姆能听见斯利姆身后其他成员的欢呼声，"我们很高兴你回来了。"

"下面情况如何？"汤姆问道。

"我们还在行进。"斯利姆地回答道，"你们走后我们又遭受了两次袭击。"

"有伤亡吗？"

"没有，只是腿部和头部酸痛而已，但是我们的牛肉被丛林蟑螂吃掉了，它们比任何东西都要野蛮！"

汤姆问他们现在距离同伴坠机的地方有多远。

"我们猜大概有六千米。"斯利姆回答道。

"地势如何？仍然很崎岖吗？"

"糟糕透了！"斯利姆抱怨道，"如果再糟糕一点的话，我们可能需要炸药来开路了！但是我们还是决定继续前进。"他补充道。

"好的，斯利姆。"汤姆说，"祝你们好运！保持联系。"

"收到！"

汤姆挂断信号后，将飞机降落到之前的地点。蓝天女王刚刚落地，乔和亚弗就从树丛里冲出来迎接他们。

"我们等你等得好苦呀！"厨师欢呼道。

"这是我度过的最漫长的两天。"汉森也说道。

汤姆介绍了他的表哥艾德，说比林斯和肖克没有回来，也告诉他们金子雕塑找回来了。

乔气愤地说道："所以这些人是在监视我们，是吗？"

斯利姆说："汤姆回来了，那这回换我们监视他们！"他汇报了两个当地人如何捡起了对讲机然后在丛林里消失得无影无踪。

"我们试图提醒斯利姆。"汉森接着说，"但是我们联系不上他。"

"他们很好。"汤姆说道。

汤姆让大家帮他把旋风飞机从蓝天女王的飞机库里推出来，自己开始了巡视飞行。

火山附近风暴依旧。汤姆想到最近的试飞，于是满怀信心地接近了风暴区域。

豪华的小型飞机进入风暴中以后依然运行良好。暴雨一阵阵地打在飞机盖上，大风也从四面八方呼啸而来。但是汤姆这次驾驶的飞机完全没有受到这些因素的影响！

飞机缓慢地顺利在火山之间下降，高度比以前低，透过半黑的乌云，他看到了一些茅草屋。

"是当地人的村子。"他平静地说着，感到很惊讶，"看那些房顶！五颜六色的！"

突然，汤姆意识到转毂变得迟缓，他看了一眼飞行仪表，一阵恐慌袭来。指针在疯狂地摆动着，这些设备失控了！

第十六章　令人担忧的发现

狂乱之中,汤姆给驱动声波涡轮的超声波发电机加速,终于把旋转气缸的速度提了上来。

旋风飞机一点点上升,似乎被一条看不见的缆绳拉着,最后,它冲出了云层,汤姆松了口气,启动喷气发动机,飞机脱离了险境。

"哇!"汤姆的心脏怦怦地跳着,"再拖延一分钟,我很可能就会像巴德和汉克一样坠机了!"

他开着旋风飞机以最快的速度飞回了丛林空地上。

"出什么事了?"亚弗担心地问道。

"我终于知道巴德和汉克是怎么坠落的了!"年轻的发明家告诉他,"飞机在风暴区域状况良好,突然所有的设备就都不管用了,我认为原因是电磁场,或许是只要一有飞机靠近峡谷就会有雷达引起的。"

"天呀!"亚弗大叫着,"那一定是有人设下的陷阱!"

"对。"汤姆同意他的说法,"是一个非常有科学头脑的人做的。"

乔用自己的拳头打在自己另一只手掌上:"一定是我在对讲机里听到的那个人做的!"

汤姆点点头:"我确定,乔,还记得他说什么吗?'电池状况良好,准备逮捕。'"

听着这些消息,他们惊讶地你看看我,我看看你。同时,汤姆双手插在裤兜里,来回地大步走着。

"是什么意思,汤姆?"艾德·朗斯特里特问道,"这是说我们失败了吗?"

"没有。"汤姆停了下来,眼睛里闪烁着光芒,"旋风飞机可以保护我们免受攻击,再次到那个地方去,我们用托马塞特作掩护,我相信这样电子雷达就探测不到我们了。"

"呀呼!"乔发出胜利的口号,大笑起来,"我就知道,他们是阻止不了我们太久的!"

"别庆祝得太早,乔。"汤姆提醒道,"我还要想办法在降落后保护我们,让我想一想,同时,你们去混合一些托马塞特喷到旋风飞机上好吗?"

"收到!"

年轻的发明家赶紧登上飞行实验室研究他的新问题,在电子小隔间里,他在一张张纸上写写画画,研究晶体电路。

"不对。"他一遍遍地自言自语着。

这个点着温和的荧光灯的工作室,是飞行实验室的一个小

第十六章 令人担忧的发现

单元,他起身沉思着慢慢踱过了化学实验室、生物间和植物间。

一个小时后,年轻的发明家从机舱里冲到空地上:"我知道了,艾德,我知道了!"

大家都笑着聚到他身边。

"这些都归于麦克斯韦公式。"汤姆开始解释,"如果我们假设电磁辐射的波长为——"

"喔喔!等一下,不好意思。"乔表示抗议,"我能听懂一点,但是你一直以这种复杂的方式解释的话,我肯定要糊涂了!"

"好的,乔。"汤姆笑了,"简单地说就是,我发明了一个小玩意儿——你可以叫它电阻发生器,我想——由太阳能电池发电。"

"用来干什么的?"有人问道。

"粗略来说,他会自动发出反对波。"汤姆解释,"这种波通常与电磁波有一百八十度的差距,以巨大的热量作为自己的武器。"

他的话让大家欢呼起来。

"这个玩意能帮我们所有人做掩护吗?"

"不能。"汤姆回答,"安全起见,最好我们每个人都携带一个,我很快就能做出十几个。"

汤姆回到实验室,摆出微型晶体、电线、电池、锂片,开始快速安装这种钢笔大小的小东西。他用了化学实验室里的塑料容器作为电阻发生器的外壳，这些东西被托马塞特掩饰起来。

晚上，汤姆的工作完成了。他再次快速来到空地上，给每个人一些设备，然后把剩余的放进了丛林装备箱里。

"旋风飞机已经喷好了。"亚弗汇报说，"明天早上就能出发了。"

第二天一大早，汤姆就宣布："不好意思，我最多只能带两个人和我一起，否则就没有空间搭载巴德和汉克了，而且，我们还需要人看护蓝天女王。"

救援团队可能会需要艾德·朗斯特里特与当地人沟通。汤姆又选了乔，亚弗同意，遇到紧急情况时驾驶飞行实验室，其他两个机组人员会帮他控制大型飞机，运作无线电设备。

汤姆、艾德和乔登上了德拉姆·霍克再次前往死火山。依然肆虐的风暴拍打着旋风飞机，但是飞机平稳地下降着。

"那电磁场怎么办呢？"艾德·朗斯特里特看到了山谷的底部，紧张地问道，"我们能知道它什么时候启动吗？"

汤姆摇摇头。"不一定，大概在飞机失去控制前，我猜想我们已经诱发了敌人的设备，但是现在我们有托马塞特的保护。"

他扫视了一下山谷底部，没有生命存在的迹象，他又看到了闪着光的五颜六色的茅草屋顶，这引起了他的兴趣，那难

道是——

乔打断了他的话:"你们看,就在那里!"

他指着右舷的火山斜坡,在悬崖边上的石头和草丛里,藏着一些银色的东西,那是巴德和汉克坠毁的飞机!

三个人在飞机降落到谷底的时候,安静又严肃地看着破碎的飞机,货机的一个机翼已经被冲击力完全粉碎了。

没有人敢说出心里的想法,难道巴德和汉克乘坐的货机让他们丧命了?

旋风飞机的轮子一着地,汤姆就关闭了开关,他们紧张地跳下飞机时,他说:"等一下,没有必要我们都要冒险,我去看看电阻发生器是否管用。"

汤姆跳下飞机,赶紧向飞机残骸处跑去。他没有感觉到电击,可能是电子设备没有开启,也可能是他的小发明起作用了。他招手让其他两个人过来。

他们紧张地朝残骸走去,但是没有发现任何尸体。汤姆直起身,若有所思地皱着眉头。明显他那两个失踪的朋友不在飞机上,生死未卜。那他们在哪里呢?当地的村民到底经历了什么事呢?

"这像是一座鬼城。"艾德说道。

汤姆点点头。整个村子都沉寂在一片寂静之中。

第十七章 秘密字条

汤姆和同伴们对山谷里弥漫的神秘气息感到十分好奇。

"我们来调查一下这个村子吧。"汤姆最后说道。

他谨慎地带路,艾德和乔跟着他们,他们看到了沿途的岩石和草丛。

"我想这些当地人一定试图用这些草丛来伏击我们。"

"不止如此,发出电磁辐射的那个科学家可能还想用更狠的招数。"汤姆回答说。

他们走在最近的茅草屋附近,周围一片寂静,房子的墙壁是用围成圈的木桩和编好的芦苇做成的。

三个人小心地往几间茅草屋里看去,但都是漆黑一片,空无一人,散落一堆的芦苇、餐具、草席,杂乱的香蕉和山药都显示,房主是匆忙离开的。

汤姆在一个草屋里发现了一个用橘色和绿色的羽毛做成的漂亮的当地人佩戴的头饰。为什么主人会把这么好的东西扔下呢?

"貌似他们走得很匆忙。"艾德·朗斯特里特说道。

这些都显示了当地人过着一种原始的生活,与科学家的节奏完全不符。这些茅草屋的地面都是泥土铺成的,村庄的道路也都是林中踩踏出来的土路。茅草屋的中心位置有一个开放的石头火炉,被一圈大石头围了起来。

"或许他们在这里举行盛宴和节日舞蹈。"艾德说道。然后他又问,"我们接下来做什么,汤姆?"

"我们试着联系斯利姆和陆上部队。"汤姆说,"我们开启斯利姆调好的广播器,把它放在其中一个茅草屋里。我们不能冒险使用对讲机。"

乔回到旋风飞机,把无线电收发机拿到了最近的草屋里,汤姆把它打开。

"你们俩待在屋里,一直发信号,直到联系上斯利姆。我四处看一下,看能不能找到一些线索,好知道这里发生了什么。"

汤姆寻找了半个小时无果后,停了下来,他的视线再次落到了茅草屋五颜六色的屋顶上,有闪亮的紫色、蓝色、蓝绿色、橘黄色和奇怪的金属红色。

汤姆踮起脚尖,从最近的茅草屋上扯下了一把茅草,他仔细看过之后,惊讶地瞪着眼睛,这些东西比他想象的还要棒!他用手指捻着这些茅草。

"矿物纤维!"他嘟哝着。但是这些东西与石棉和其他已被科学解释的物质远不相同。

答案只有一个，这一定是多种稀土的混合物。"或许是硅酸盐。"汤姆愈加兴奋地猜想，"巴德和汉克在无线电收发机里说的'稀有'指的就是这个吗？"他问自己。

他暂时不去想朋友是否已经丧生的事情，思绪飞去了未来，用这种新型的稀土能做什么研究呢！很可能应用于原子能领域、新电子设备领域和更耐热的金属合金！

"但是说不通呀。"汤姆看着茅草屋想着，"这些当地人是如何分离这些稀土的呢？"

汤姆耸了耸肩，不再想这个难题，现在主要任务是确定巴德和汉克是否还活着。年轻的发明家继续搜寻着茅草屋，几分钟后，茅草屋里散发出来的一束光吸引了他的注意。

汤姆看着绿色和黄色的编织垫子上的一个东西，那是巴德·巴克利的手表！不到六十厘米处是汉克·斯特林的！

汤姆心跳突然加速，两块手表还在走着，水晶表蒙没有破碎，如果手表在剧烈的坠机中没有损坏，那他的朋友们很可能也安然无恙！貌似巴德和汉克在村子里待过一段时间，他们很可能还活着！

然后汤姆又有了另一个想法：如果，碰巧他们把手表放在这里，是寄希望于救援团队能够注意到的话，他们很可能还采取了其他措施，或许巴德和汉克在阴暗的茅草屋里留下了线索！

第十七章 秘密字条

汤姆拿出手电筒,照亮了屋子周围,刚开始,他没有看到什么显眼的东西,汤姆大胆地仔细搜寻着,不放过任何一个角落。

地面有一处像被挖过,然后又似匆忙地掩盖住,一张白纸的一角依稀可见。

汤姆拨开泥土,拿出了纸条,是巴德留下的字条!年轻的科学家激动地读着。

汤姆:

汉克和我还活着,一切都好(17日),但是我们被一个Ａ国人抓住了,这些当地人似乎都听他的。明天早上,他们要把我们带到一个洞穴里,不让你们找到我们,他们说永远不允许我们离开,如果你知道了这个Ａ国人在做什么,你也会死的!就写这么多了。希望你能找到这张字条。

巴德

汤姆读着消息的时候,既松了口气又感到很生气,他不仅要找到巴德和汉克,还要解开这个村子的秘密!

"今天才18号。"他高兴地想着。

汤姆把纸条揣进兜里,匆忙地赶回乔和艾德所在的地方,无线电收发机里传来声音。

"是斯利姆!"艾德大喊道,"他和其他人距离这里一千米远!"

汤姆拿起麦克,欢呼着说:"斯利姆,这太棒了!简直太

汤姆·斯夫威特和超声波旋风飞机

第十七章 秘密字条

棒了!"

"但是我们很担心,汤姆。"

"担心什么?"

"希德伦不见了!"斯利姆回答。

"怎么会?"

"他主动提出在我们吃饭的时候替我们探路,我说好。但那是一个半小时之前的事情了,他到现在都还没有回来。我非常担心,机长!"

汤姆皱起了眉头:"你尝试找他或者用对讲机呼叫他了吗?"

"都试过了,没有消息,我们甚至不能——"

机组负责人突然大叫一声,中断了对话,从无线电里可以听到恐慌的大喊声。

"我们被袭击了!"

第十八章　战地报告

他们再也听不到斯利姆说话,只听到一阵混乱的大喊声,但喊声也渐渐消失了。汤姆和艾德焦急地盯着收发机,希望能获得关于袭击的消息。

乔听到消息异常愤怒。"尝尝我的厉害。"他气愤地说着,"我一定要教训他们这些野蛮的丛林人!"

没等两个同伴阻止他,这个壮实的厨师已经冲出了门,嘴里大喊着战争口号。汤姆惊讶了一下,然后赶紧跳起来阻止他。

"乔!快回来!"他大声喊着,"他赶到那里也起不到什么作用的!"

这个厨师回头看了一眼,饱经风霜的脸上满是憎恨和气愤,继续跑着。"我要消灭这些可恶的人,这就是我要做的!"他吼道,"我要让他们看看我们是如何对付他们这些只会跟踪和背后袭击的胆小鬼的!看我的吧!"

乔挥舞着自己的斧子,大喊着向前冲去。

第十八章 战地报告

"乔!"汤姆冲上去追他,看到厨师已经到了森林的边缘,就停下了脚步。

艾德·朗斯特里特跟在汤姆的后面,把一只胳膊放在他的肩膀上。"让乔去吧,他现在一腔热血想要战斗呢!而且,"他若有所思地说道,"这可能会起到好的作用,所以别担心了。"

想到连自己都不能及时跑到战斗现场去帮忙,汤姆不情愿地放弃了追赶。"我觉得或许获得更完整的无线电报告更能起到作用。"他说道。

回到茅草屋,他们开始紧急呼叫斯利姆,但是没有回应,他要么是关掉无线电逃跑了,要么是收发器坏了。

汤姆叹了口气说:"即便是没希望了,还有一件事是我能做的。"他拿出两块手表和巴德的字条,告诉表哥他是如何在一个茅草屋里找到这些东西的。"我要去找巴德提到的洞穴,你继续在这里等无线电消息。"

艾德看了一眼峡谷两边的火山说:"巴德和汉克还活着!谢天谢地!而且他们就在这山里!"

"我猜这个洞穴就在村子附近。"汤姆说,"我先从东边开始找。"

"祝你好运!"表哥说道。

汤姆艰难地在岩浆冷却后形成的岩石坡上走着。到了一个非常陡峭的地方时,他开始沿着边上转圈走。路很难走,但是他还是很快就远离了村庄，他并没有发现山洞入口。

"一定是在另一座火山里。"汤姆自言自语道。

他往村庄走回去，看看有没有战斗的消息。他经过村子的时候，看到一个比其他茅草屋都大的房子。

"一定是酋长的茅草屋。"他说道。

汤姆把头探进茅草屋，打开手电筒，在屋子里晃了一圈，他惊讶地屏住了呼吸，在房间的一个角落里，有一个奇怪的小雕塑。

汤姆冲过去抓起了它，除了颜色是金属紫以外，这个雕塑完全跟锁在父亲柜子里的动物神一模一样！

"是真的！"他高兴地想着，"肖普顿的雕塑确实来自于R国的这个地区，很可能就是从这个茅草屋里偷出来的！"

但是被谁偷的呢？汤姆猜想着。是约翰·埃德？还是那个监禁巴德和汉克的神秘A国人？

"或许这两个人是同伙！"年轻的发明家猜测着。

汤姆急切想要汇报自己的新发现，于是以更快的速度跑回放有无线电的茅草屋，艾德·朗斯特里特惊奇地听着表弟叙述着自己的发现，然后又告诉了他自己获得的消息。

"战斗停止了，汤姆！我又收到了斯利姆的信号。"

"发生了什么事情？"

"我不清楚，但是我猜很暴力，不过还好大家都幸免于

难,斯利姆正在检查。"

过了一会儿,斯利姆又发来消息。"大家都在,都平安!"他汇报说。

汤姆抓起麦克,说:"有人受伤吗?"

"没有太重的伤。"斯利姆回复说,"医生正在给大家包扎伤口,三个对讲机被弄碎了,刚才有好多石弹,幸好这个传播器依然能用,我挂断之后把它藏在了一块大石头后面。"

"干得好,斯利姆!"汤姆祝贺他,"乔到你们那里了吗?"

"没有,还没有见到他。"

"他在路上,找找他。"

"好的。还有一件事,机长。亨德森在回来的路上,一分钟前收到他的呼叫,他说他也在战斗现场,但是看见发生的情况之后,就躲了起来,一直到袭击结束才出来。"

汤姆皱着眉头:"斯利姆,你有没有想过亨德森每次都这么幸运还是他很机智?"

"什么意思,机长?"

"每一次受到袭击的时候,他都恰好在那之前消失。"

斯利姆沉默了一会儿,然后激动地说:"是的!汤姆,你的意思是他跟这些当地人是同伙?"

"除了当地人,一定还有其他人参与袭击。"汤姆回复说。很快他把乔听到神秘A国人说话的事情告诉了他——还有之前巴德对希德伦的怀疑。

"我们还是不要有侥幸心理。"年轻的发明家说道,他已经越来越怀疑了,"希德伦出现的时候,把他的对讲机拿下来!而且要一直开着传播器!"

"收到!"

汤姆转向表哥:"这里你来负责,艾德,我再去找找山洞。"

这次,汤姆向山谷的西面走去。他绕着陡峭的山坡走着,整片区域都是岩石和树丛。

走了十五分钟,汤姆什么都没找到。突然跳到他眼前的一个小生物吓了他一大跳。

他认出那是一只树袋鼠,令他震惊的是,它很快就在自己的眼前消失不见了!

"什么情况?"年轻的发明家咕哝着,突然停了下来。

他激动地拨弄着树丛,想要发现树袋鼠的秘密。他用手拨开了一大丛野草,看到了一个开口。

"是山洞!"汤姆大喊着。

汤姆冲进漆黑的山洞里,打开了手电筒,入口处有几个大的牛皮袋子。

汤姆急切地打开了一个,袋子里全是奇怪的宝贝,佛像、雕塑、花瓶,还有各式各样五颜六色的奇怪东西!

"更多的稀土!"汤姆欢呼着。

他把手电筒对准了山洞深处,近处没有看到墙壁,他看到一条路向漆黑的山洞里延伸。

"这一定是地下宝库的入口!"汤姆大喊道。

第十九章　神奇的山洞

汤姆被吸引得差点冲过去看看前方是什么样子的，但是他又警惕起来，他很可能正在走进一个致命的陷阱。

"一定要小心计划一下。"他说道。兴奋的汤姆赶紧跑回茅草屋，艾德正在那里控制无线电。

他的表哥大喊一声："我刚刚收到了斯利姆的消息，他们见到乔了，他正在把大家带领过来，半个小时内就能到。"

汤姆高兴地大声欢呼着。"现在我们可以行动了！"他想到了些什么，然后问，"希德伦和他们在一起吗？"

朗斯特里特摇摇头："他没有出现，他们也没有收到他的消息。有趣的是，他应该和他们是同一个方向行进，但是目前为止还没有发现他的踪迹。"

汤姆皱着眉头把装备包放到地上，蹲在接收器旁边："好吧，看来巴德对希德伦的猜测还是对的。"

"是的。"艾德表示同意，"斯利姆担心希德伦很可能和当地人一起策划埋伏！"

第十九章 神奇的山洞

"天呀！但愿不是这样！"汤姆低声说道，"现在让我告诉你一个好消息吧！"

"你找到了山洞？"艾德问道。

"是的。"很快，汤姆就告诉艾德自己发现了火山的斜坡，以及两袋用稀土做成的东西。

听到这个消息，艾德的情绪很复杂。他祝贺汤姆发现了山洞，但是然后又说："这听起来像是一个危险的陷阱，或许我们的敌人就在洞穴的另一端！"

汤姆的眼神很坚定。"或许是吧，但是我们还是要救巴德和汉克，别担心。"他接着说，"我们会带上电阻发生器，很小心的，这样应该就安全了。"

艾德放松地笑了："我猜想我可以一直依靠你这个聪明的脑袋。"

汤姆笑了："好的，现在我们要把注意力集中在敌人的游戏上了，我希望他们别太狡猾！"

汤姆拿到接收器，调到了蓝天女王的频率："最好在我们等待的时候把消息告诉亚弗……能听到吗，亚弗？"

亚弗立刻回复："能听见，汤姆，有什么消息吗？"

汤姆告诉他的时候，亚弗吹起了口哨："进洞穴的时候，你们一定要小心。还有，你的父亲发来电报，他让我告诉你警察终于抓到了约翰·埃德。"

"太棒了！"汤姆说道，"他开口交代了吗？"

"交代了很多，但是警察认为大多数都是胡话。埃德说那个雕塑是他的，他只是想拿回来。他声称自己在旧金山把雕塑弄丢了，然后一直追踪到肖普顿博物馆。"

"他还说——听着——"亚弗的声音变得很讽刺，"埃德说他很抱歉自己雇用了一个强盗把雕塑给偷了回来，但是雕塑是他的，这有什么区别吗？"

看到这个强盗如此厚颜无耻，汤姆沉重地笑了下："或许会让他少坐几年牢！"

这时候他们听到门后传来一阵激动的喊叫声。艾德冲出去一看究竟。

"是乔和地面队伍！"他喊道。

汤姆赶紧冲到门口，然后被又脏又黑的丛林队伍团团围住，他们大喊着，拍着他的后背，还给他几个熊抱。

"好了，好了，让汤姆呼吸点空气，你们这些家伙！"乔对他们说道。

人群松开他的时候，汤姆热情地与每一个人握手。"你们都还活着，看到你们真是太高兴了！"他欢呼道。

"我们很好看，是吧！"山姆·巴克说道。他们穿着破旧的衣服，满脸胡子，胳膊上满是蚊虫叮咬的痕迹，腿上也是沾满泥块的绷带，他们像是远离了文明世界好几个月，而不是几天。

"就叫我们丛林流浪者吧！"辛普森医生笑着说。

第十九章 神奇的山洞

"不管怎样,见到你很高兴,机长!"斯利姆拍着汤姆的肩膀说道。

"的确!"雷德·琼斯也插话说,"而且也很高兴我们走出了那可恶的丛林!"

"不好意思,不能给你们提供椅子和冰饮。"然后汤姆介绍了艾德。他接着说:"但是我想告诉你们,更艰巨的任务还在后面呢!"

很快,他简要地讲了一下旋风飞机登陆后,他发现的一些情况。听到巴德和汉克还活着,大家都很高兴。但是听说他们现在被A国人囚禁了,顿时很气愤。

"我们还等什么呢?"斯利姆气愤地说道。"我们赶紧去找他们!"

他们清理了一下之后,汤姆拿出了一张行动地图。斯利姆和雷德看护旋风飞机,确保敌人不会在援救队伍离开的时候偷袭飞机。山姆被安排看护茅草屋酋长的茅草屋。如果扔石头的人潜入村子时,他可以通知德拉姆·霍克。旋风飞机将会飞到蓝天女王进行补给。队伍里余下的人到洞穴里进行营救。

"但是首先,我希望你们每人戴上一个这个东西。"汤姆说道。

他从装备包里拿出来余下的电阻发生器并解释了它的功能。然后给了斯利姆、医生、山姆和雷德每人一个。

"要一直保持开机状态。"他提醒道,"我们的敌人会在我们最大意的时候用电流袭击我们！"

在开始营救任务之前，汤姆和他的队伍到旋风飞机上拿一些设备，以备不时之需。他们为每个人以及巴德和汉克准备了防毒面具、灭火服装、一些质地轻的尼龙绳和红外望远镜，望远镜可以放到裤兜里，看起来像是蓝色的铅笔，但是却能发出强大的红外线，能照出黑暗中的任何物体。

"一切准备就绪！"汤姆喊道。

他已经用石头标记了洞穴的位置，队伍很容易就找到了那个地方。拨开树丛之后，他们摸索着走到了漆黑的洞穴里。

"这就是我跟你们说的宝贝。"汤姆说着，用手电筒照着牛皮袋子。

他们打开一个袋子，看到里面闪光的宝贝，都惊呆了。

"这些当地人为什么把宝贝放在这里？"辛普森医生饶有兴趣地拿着一只用蓝绿色金属制成的奇怪形状的鸟儿问道。

"我猜是那个A国人藏在这里的。"汤姆回答说，"不是因为他喜欢原始的东西，不要忘了，这些东西是由稀土制成的——而且具有极高的研究价值，他很可能在想如何把它们运回文明世界。"

为了摧毁敌人的计划，汤姆的团队把袋子拖到洞外，藏在了草丛深处。

"你最好待在这里看好洞穴入口。"汤姆说，"以防敌人从后面袭击。"

第十九章 神奇的山洞

"你确定不需要我陪你一起下到隧道里?"看到头儿扔下自己,乔不高兴地问道。

"这里需要你,乔。"汤姆赶紧安慰他说,"我还要靠你来确保不会有人偷偷溜过来袭击我们呢,这可能是一个很危险的任务,如果他们想动手脚的话。"

灰头发的厨师转眼就高兴了。"看住这些鬼鬼祟祟的人就靠我了。"他答应说。

然后其他人进入了神秘的隧道。汤姆打开红外线夜望镜,照亮了一条阴森森的隧道。

他们安静地在曲折狭窄的隧道里走了好一会儿。隧道通往越来越深的地下,阴森的黑暗和锋利的岩石让艾德紧张起来。

"这个隧道难道没有尽头吗?"他小声说道。

突然他们看到前方一束光。

"哦!哦!我们接近了!"辛普森医生紧张地说道。

几分钟后,他们十分惊讶地看到隧道通向了一个亮如白昼的山洞,他们面前是一座地下古城。

第二十章　呼喊救命

艾德·朗斯特里特是第一个开口说话的。

"我的天啊！这真是太棒了！"他低声说道，"如果不是亲眼看见，我是不会相信的！"

三个人都敬畏地看着眼前的宽阔场景。在很久的过去，一个未知的石头部落在地下修建了整座城市。

"但是为什么呢？"汤姆问自己，"是什么照亮了洞穴呢？"

这里有像金字塔一样的房子、圆顶的寺庙、有拱门的公共建筑以及满是奇怪雕刻的墙壁，在石柱上，到处都有像肖普顿的动物神那样的雕塑。

最奇怪的一条街是专门用来行驶轮子车和战车的。

这些来访者们意识到这座城市以前有人生活——很多忙碌的人。

现在这些建筑都荒废了，街上也落了一层厚厚的灰尘和废墟。

"但是光亮是哪里来的呢？"医生迷惑地大声问道。

这个奇怪的光亮让城市里的所有东西都闪着神奇的光芒，每一座大楼都有自己柔和的影子。

汤姆承认自己也迷糊了："这些光亮来自城市外面，或许是洞穴的另一端！"

他的注意力都集中在这些大楼是用什么建成的。石头的表面闪烁着五颜六色的光芒。

汤姆打开手电筒，仔细地研究石子。"这些有颜色的纹路看起来更像稀土！"他喃喃自语道。

艾德被他的话震惊到了："你的意思是整个城市都是用这个东西建成的？"

"是用矿藏建成的。"汤姆纠正了他的说法，"这附近一定有一个矿场！"

震惊的三个人继续走在废弃的大街上，但依然没有看到人类生存的迹象。他们只听到自己走路发出的声音在隧道里回荡。

突然汤姆大叫一声，停了下来。"等一下！"他告诉其他人，然后用手电筒向下照着。

黄色的光照射出地面上的脚印！

医生大喊道："你觉得这些脚印是几百年前在这里生活的人留下的吗？"

汤姆思考了一下："不是，可能是那些野蛮人——"

"救命！救命！"

他们远处的前方传来微弱的呼救声。

"快！"汤姆大喊道，"或许是巴德或汉克！"

三个人穿过蜿蜒的大街，冲向前方，他们边跑边警惕着陷阱。

显然这个地方并没有被完全遗弃，任何时候都可能会发生屠杀或者是石头袭击。

但是什么都没有发生。

最后他们几个人放慢脚步，停了下来，没有呼叫声的指引，他们不知道到哪里去实施救援。

艾德看着汤姆："你觉得刚才的求救是陷阱吗？"

"我不想猜。"汤姆回答说，"但我们最好能找到，我们——"

背后突然传来的声音打断了他的话："嗨，朋友们！"

三个人猛地转过身。汤姆惊讶地看到希德伦正向他们走来！

他举止很随便，和他们打招呼，故意不在意他们惊讶的表情。这个人看起来似乎并不觉得在地下城里见到汤姆他们有什么奇怪。

"你能告诉我们你去哪里了吗？"汤姆尖锐地问道。

"当然能，我想我应该跟你们道歉。"希德伦回答，"其实，我又使用我的技巧抓住了一只小袋鼠。我想我本可以把它用袋子装起来的，但是后来它跑了，那时候我也意识到自己迷路了。不过，幸好，我最后还是找到了路，所以我来了。"

其他人冷冰冰地看着他，都没有说话。希德伦也只是笑了一下。"别担心。"他又说，"我受到教训了！下次我会遵守命令。"

"还有，你是怎么找到这里的？"汤姆问道。

"哦，斯利姆和乔告诉我你们在这里的。"希德伦很自然地回答。他看了一眼周围的古建筑，接着说："这真是个神奇的地方！闻所未闻！"

汤姆刚想开口说话，这时候又传来呼救声。

"一定是你的朋友们！"希德伦高声说道，"快！快去救他们！"

四个人快速朝声音传来的方向跑去。一会儿，他们通过蜿蜒的大街，来到了一个公共广场。汤姆和他的朋友们喘着气，停了下来。

他们看到广场被灯照亮。在广场的对面，他们看到一群黑皮肤的人站成一排行走着。他们的脚上戴了脚链，肩膀上背着装得满满的麻袋。

"原来这些当地人藏在这里！"惊讶的艾德说道。

远处，在山洞另一端的墙边，还有更多的当地人站在那里，身上只围着树叶。过了几秒，汤姆才意识到这些奇怪装束的用途。

"是用来伪装的——丛林伪装！"他心情沉重地自言自语道，"这些人一定就是用石头袭击我们的那些隐形人！"

第二十一章 奇怪的武器

现在可不能让这些好战的敌人看到他们!如果被发现,肯定又要遭到当地人的石头攻击。

"快!快来这里!"汤姆小声对三个同伴说。他指向一个金字塔形状的房子的漆黑的门口。

他们赶紧到那里躲了起来。他们蹲在房子里的时候,汤姆立刻发现只有两个同伴在身边。乔治·希德伦还站在外面!

"快进来!"汤姆催他,"如果这些人看到我们,就会开始袭击的!"

但是这个动物学家似乎并没有意识到任何危险。他站在广场能看到的地方,用一种紧张的目光扫视了一下周围。

"他怎么了?"艾德感到迷惑,"他聋了吗?"

汤姆眯着眼睛看着这个科学家,想道:"也有可能是他不想听见!"

希德伦的态度有点奇怪。他似乎准备采取行动——像一只蹲着的美洲豹准备跳起来。这时候,汤姆已经确信这个动物学

第二十一章 奇怪的武器

家图谋不轨了。

同时，现在的危险容不得他对亨德森的动机有过多的猜测。任何一秒，丛林攻击者都可能发现他们！

汤姆和同伴紧张地安静等待着，但什么都没有发生，很显然这些狙击手还没有发现自己正在被监视。

"你有什么办法？"艾德问道。

"我想不出来。"医生回答。

汤姆没说话。他小心地向外看着，这些当地人依然背着很重的麻袋继续在广场上行进，或许这些狙击手正集中注意力看着这些奴隶，防止他们造反，也或许是他们忙着说话，没注意到亨德森。

突然汤姆大喊一声。最后几个奴隶走过去的时候，他看到了街边喷泉旁边的两个人！

"巴德！汉克！"他喊道。

汤姆不再小心谨慎，他从藏身地冲了出来。看到同伴给他带来的激动和放松让他不顾一切想要到他们身边！

他向喷泉冲去的时候，艾德和医生跟在他身后，汤姆大喊着巴德和汉克的名字。两个人都回过头来，但是都没有动。更奇怪的是，巴德和汉克似乎根本没有认出他们来！

"巴德！汉克！"汤姆叫道，"不认识我们了吗？我们是你们的朋友啊！"

两个人都没有反应。汤姆惊恐地看着他们，他看到两个人都被脚链铐了起来。他们看汤姆的表情，就像在看空白的空间！

"慢慢来，机长！"看到汤姆震惊又郁闷地呻吟着，医生劝说道。

"难道他们被洗脑了？"艾德小声问道。

医生点点头。

汤姆绝望地看了一眼广场，想要采取最明智的行动。这时候他看到了另一个可怕的场景，一群妇女和儿童蜷缩在山洞拱形墙壁下面，很显然也是被管制的。

这时候救援队伍又发现了新的动静。一个个子矮小、沙色头发的A国人从一个建筑物里冲了出来，一只手拖着一个装得满满的大麻袋。

他的另一只手里拿着一台汤姆从来没见过的奇怪设备。这台设备外形像气缸，表面有一层白色的陶瓷绝缘体，前面凸出两个电极，看起来像一个昆虫怪物的触角。

"真是一种奇怪的工具。"汤姆说道。

这时候他想到这个男人很可能就是奴役当地人的科学家，毫无疑问他手上的设备就是用来制服反抗的受害者的。

"快！我们一定要保护巴德和汉克！"汤姆对他的同伴喊道。

汤姆从肩膀上的工具包里摸出来两台电阻发生器。医生给汉克拿了一台，汤姆把另一台挂在巴德的皮带上，打开了开关。

第二十一章 奇怪的武器

然后他想起了希德伦,必须得给他一台。转过身,他刚好看到这个动物学家举起一只胳膊,大声喊道:"好了!"

接下来,希德伦飞快地向洞口跑去。

"亨德森是间谍!"汤姆下了定论。

他赶紧转过来,看到A国人用他那奇怪的武器对准了救援三人组。

他诡异地笑了一下,然后开火了!

第二十二章　炫目对决

这个人拉动开关后，电机周围闪烁着荧光。汤姆有几秒钟感到非常恐惧，在想自己的电阻发生器是否能够抵挡攻击。

他感觉自己没有受到影响，又看了看同伴，他们也看似很好。

艾德放松了一点，说道："汤姆，那个东西是怎么起作用的？"

"那个触角很可能发射的是电流电击波！"汤姆回答道，然后又接着说，"告诉这些扔石头的人我们是以朋友的身份来这里的——告诉他们我们不想伤害任何人！告诉他们如果他们能够再战胜俘虏他们的人，我们就能让他们重获自由！"

艾德立刻大喊出汤姆告诉他的话，先是用混杂的英语，然后又用了各种各样的R国方言。

但是这些翻译都没有得到回应。或许是这些当地人说一种他不知道的语言，也或许是他们害怕如果回应就会受到电击。

"没有用的！"艾德抱怨着，最后放弃了。

与此同时，蓝白色的光亮弥漫在空气中。但是幸运的是，这些东西对汤姆的队伍不起作用，甚至巴德和汉克都没有再受到电击。

突然响起了一阵雷声一样的声音。热浪让他们感觉自己就在火炉里！汤姆和他的同伴们害怕地往后退，捂住自己的脸防止被烫伤。

"哇！"艾德咳嗽着，呼吸困难。"那，那是什么？"

"我们的电阻发生器正在释放热浪！"汤姆解释道。

三个人脸通红地喘着气。灼热的空气让他们感觉肺部着火了，但是这些电阻发生器使他们免于电击的迫害。

这个监工气愤地大喊起来，因为他意识到这可能是汤姆做的。他破口大骂，满脸愤怒，然后疯狂地尖叫道："拿另一支枪射击！"

另外两个A国人从同一栋大楼里急忙跑来。其中一个驼着背、一副皮包骨，表情看起来像是一个鬼鬼祟祟的饿狼；另一个高瘦的家伙留着像马戏团壮汉一样的胡须，拿着一支潜水艇手枪准备开火。

他做好开火的姿势，汤姆朝同伴大喊："撞击甲板！"

他们立刻蹲下藏到喷泉的后面，他们把巴德和汉克也拉了过来。机关枪对着他们一顿扫射，子弹从他们的头上飞过，打到了他们身后的墙上。

艾德·朗斯特里特大叫一声，汤姆脸色惨白地看着他的表

第二十二章 炫目对决

哥，一定是子弹弹过来伤到他了！

汤姆祈祷着艾德的伤势不要太重，在工具包里胡乱翻着。"防毒面具！"他提醒道，"我要炸掉那个电磁场教训一下这几个人！医生，你把额外的两副防毒面具给巴德和汉克也戴上！"

汤姆自己戴上防毒面具后，从口袋里拿出两粒灭火器胶囊。他小心翼翼地往温泉的一边看去。监工依然拿着自己闪光的武器。很显然他希望能起到一点作用。

汤姆瞄准后，把一粒胶囊扔向武器，差了几十厘米。

他再次瞄准又扔了一粒，这次，他扔得特别准。穿过蓝白色的光晕，小石弹迸发出亮黄色的光晕，融化的胶囊释放出的力量，在白色的雾团中爆炸了。

沙色头发的男人和他的同伴立刻感觉到了蒸汽的作用，他们咳嗽着，想要逃跑。但是烟气将他们包围了，他们扔下武器，抓着喉咙，三个人都跪在了地上，然后趴在地上，失去了意识。

他们的倒地似乎吓到了当地人，他们一声不吭地像雕塑一样被动地等着。

同时，医生赶紧处理艾德被子弹擦破的伤口，还说着："在我看来只是皮外伤。"医生给艾德涂了一些消毒药膏，继续问"感觉如何？"

"还不错。"艾德回答，"我猜子弹只是擦伤了我的肩膀。"

医生给他包扎绷带的时候,艾德继续向当地人喊着。他用几种不同的方言一遍一遍地告诉当地人他们是以朋友的身份来到这里的。

"你们不需要害怕!"他大喊道,"我们只是想帮助你们,让你们自由!"

他的呼吁似乎起到了一定的作用。尽管几个没被铐住的当地人跑了,大多数人还是睁大眼睛,充满希望地站在原地听着。

烟气消散之后,汤姆冲上前去看那三个晕倒的A国人。医生给艾德包扎绷带之后,两个人也来到汤姆身边。

"你见过他们吗?"艾德问他的表弟。

汤姆摇摇头:"他们是难缠的顾客,看他们对待当地人的方式就略见一斑——更别说他们对巴德和汉克的所作所为了。"

他蹲下去,捡起监工的武器,武器从主人毫无知觉的手里掉下来,外面的陶瓷绝缘物碰到地上,发出响声。

但是这件武器还在运行。汤姆把这个气缸对准一个安全的方向之后,按下了发动按钮,设备像以前一样发出光亮。

"看起来就是一件致命的武器。"艾德·朗斯特里特打了寒战说道,"尤其是当武器对准我们的时候!能把人杀死吗?"

"不太可能。"汤姆回答说,"我猜这个磁场只能把近距离的人电晕,我想知道这个东西的动力来自哪里,但是我想也只有拆开来看才知道答案。"

他注意到当地人看他拿着武器时的惊恐表情,于是把武器递给了医生。

"给,医生,用这些来驯服这些当地人。如果不看着他们的话,他们很有可能再次在背后袭击我们。"

"我会好好看着他们的!不用担心!"医生严肃地说道。

汤姆迅速灵活地搜了倒下的A国人。他们的衣服里没有电阻发生器,但是汤姆在那个强壮的男人的工作服里搜出一把小的铁钥匙。

"太好了!"他高声说,"我猜这一定是所有这些锁链的钥匙。"

他猜对了。几分钟后,巴德、汉克和当地奴隶的脚链都被打开了。

"好了。快带他们离开这里!"汤姆大声说道。

"越快越好。"他的表哥也激动地表示同意。

"同意!"辛普森医生也说道。

汤姆让艾德·朗斯特里特把他说的话翻译给当地人,告诉他们抬着这三个晕倒的A国人——沙色头发的监工和一个皮包骨的驼背男子分别被两个人抬着,那个强壮的男人被三个人抬着。整个队伍朝洞口走去。

汤姆带队,医生走在最后面,用冲击枪对准这些狙击手。艾德搀扶着巴德和汉克,因为他们目光呆滞,很可能会摔倒。

一队人通过漆黑狭窄的隧道向外面走去,他们现在只有手电筒,这样的经历让他们感觉十分紧张。汤姆意识到,这时候狡猾的当地人随时都可能采取对他们不利的举动,每走一步,他们都有可能决定反抗救他们的A国人。

更糟糕的是,没有人知道希德伦脑子里策划着什么,现在他或许正在准备埋伏救援队伍呢!

就在他们进入半昏暗的洞口时,突然汤姆惊恐地大喊一声,一个熟悉的身影躺在洞穴入口处。

"乔!"他高喊出声。汤姆担忧地把他翻了过来,艾德赶紧来到他的身边,犹豫地问道:"他还——他还——?"

第二十三章　阿土米克酋长的故事

汤姆表情严肃地摸着乔的脉搏，松了口气。"他失去意识了。"年轻的科学家说，"但是还活着，应该是头部受到重击。"

他和艾德慢慢地把这个德州人抬到外面。当地人从洞里出来的时候，围成一圈看着他们。

医生从队伍后面赶上来把武器交给汤姆，然后开始给乔做检查。

"一定是希德伦打的。"汤姆说道。嗅盐开始发挥作用的时候，汤姆转过身对艾德说："到村子里找斯利姆，提醒他提防希德伦。"

"马上去，机长！"

这时候乔恢复了意识，坐了起来。

"感觉如何？"汤姆关心地笑着问道。

"感觉像一头牛撞到了篱笆上！"乔嘟哝着。

"看到是谁打你了吗？"

"没有,他一定是从后面打我的,我想。"

三个囚犯渐渐苏醒,发出呻吟声,意识到自己被绑的沙色头发的男子等着抓他的人,他大概三十岁,眼里无神,给人一种凶狠的感觉。

"怎么这么生气呢?"汤姆用电击武器对准他的时候,沙色头发男子问道,"你觉得你能摆脱这些厉害吗——"

"问题该由我们来问。"汤姆冷酷地打断了他的话,"或许你可以先告诉我你的名字。"

"我是来自A国的朱利安·斯特朗,好像关你什么事似的。"这个男的回答道,"这两个是我的朋友,布拉德·威尔金斯和莱恩·费奇。"

"现在。"汤姆接着说,"告诉我你们来这里有什么计划。"

"我们是工程师。"斯特朗喊道,"而且,我们不需要向你解释任何东西!"

"工程师?"辛普森医生冷冰冰地说道,"所以就能让这些当地人帮你们搬运这些古老的雕塑和艺术品吗?"

"我们想要分析它们的金属元素,仅此而已。"斯特朗说道,"这有罪吗?"

"如果是暴利,拿走的话就是有罪。"汤姆冷酷地说道,"你和乔治·希德伦是什么关系?"

"从没听说过他!"监工大声说道。

第二十三章 阿土米克酋长的故事

"他一直在撒谎!"乔吼道,"他的声音和我们在对讲机里听到的声音一模一样,汤姆,如果不是的话我就不叫查尔斯·乔·温克勒!"

"你说得对,乔。"汤姆表示同意。

"嘿,艾德来了。"医生说道。

朗斯特里特说斯利姆·戴维斯在茅草屋中心,很安全,而且说自己和斯利姆都没有见到希德伦。

这时候,当地人酋长——一个戴着羽毛头饰的强壮男子——用村子里的方言开口说话了。

"你能听懂他的话吗?"汤姆转向表哥问道。

艾德点点头:"他说的是一种方言。听起来他似乎并不喜欢斯特朗、威尔金斯和费奇,他说他们是坏人——是他见过的最邪恶的A国人!"

"问问他,他们在这做了什么?"汤姆要求道。

艾德用方言重复了一遍汤姆的话,然后翻译了很长一段回答。

"斯特朗几个月前在丛林里迷路了。当地人找到他的时候,他发着高烧,奄奄一息,他们照顾他,让他恢复了健康。"

"我猜这就是他们做错的地方。"乔没好气地咕哝着。

"斯特朗待在村子里的时候。"艾德继续说,"他发现了地下古城,这里的阿萨米克酋长告诉他那里对部落来说很神圣。然后他让两三个当地人陪同斯特朗到自己工作的金矿参观。"

"但是斯特朗一定是发现了这些用稀土制成的东西。几个星期后,他和自己的两个同伴回来了。当地人很热情地招待。他们只是友好访问,但他却对他们使用了冲击枪。然后他开始企图把古城里所有的东西都拿走。"

汤姆感觉到了斯特朗的奸诈,露出了鄙视的神情。

"那些丛林狙击手是怎么回事?"医生指着那些穿着伪装服的当地人问道,"他们藏在林子里,想用石头砸我们头的时候看起来并不呆滞!"

当艾德问阿土米克弹弓攻击的事情时,酋长气愤地做着手势,快速地说着。艾德为他翻译。

"这些A国人们恐吓他们,让他们服从命令,如果他们不攻击我们,并且帮助控制奴隶的话,他们的妻儿就会被杀死。"

酋长这时候开始主动说些什么。

"他在说什么?"汤姆问道。

"他说还有其他人在为斯特朗效力——在外面呼应。"艾德汇报说,"这个人把发生的一切都通知斯特朗,告诉他地面队伍在做什么,以及飞机什么时候会抵达。"

"问酋长是否见过这个人。"汤姆询问道。

"没有,他说斯特朗都是通过一个魔术盒子获得消息的。"

第二十三章 阿士米克酋长的故事

"魔术盒子?"汤姆打了个响指,"斯特朗的对讲机,希德伦就是用对讲机和他保持联系的。"

"亨德森是个骗子!"医生大声说道。

"亨德森!我跟你说过他不是个好人。"这时候又有人说话了。

汤姆、乔、医生和艾德都转过脸看说话的人。是巴德·巴克利!

"巴德!你没事了!"汤姆高兴地喊道。

他的伙伴笑了一下,回应他。汉克也从电击中恢复过来。接下来的几分钟,几个朋友开心地欢呼着,忘记了其他事情。两个坠机的飞行员被大家拥抱着,拍着后背,和大家开心放松地击掌。

"我就知道你一定能找到我们的,汤姆。"巴德说道,"但是你是坐什么来的呢?"

"旋风飞机。"汤姆几天来头一次毫不控制地大笑着说道。

巴德和汉克讲述了他们在山谷的风暴中坠机后发生的事情。他们被斯特朗的人从飞机里拖出来之后,就被关了起来,直到汤姆到达的前一天。早上,斯特朗用武器电击他们,让他们陷入了恍惚的状态。直到恢复意识之后,他们才记起之前发生的事情。

"我们还待在村子里的时候。"巴德说,"有一天我们试图回到货机上，我开始给你们发消息，汤姆，但是被保卫抓回到囚禁我们的茅草屋。"

酋长打断他的话，问为什么斯特朗这么想偷走部落神圣的佛像和艺术品，艾德为他翻译。

汤姆挠了挠头。"向石器时代的野蛮人解释这个问题很困难，但是你跟他说这些雕塑的原材料对于我们国家的魔术师和巫师具有很高的价值。但是我们认为这些A国人要把它卖给其他人，用来做伤害别人的事情。"

酋长对这个解释似乎很满意。他说他永远都不会和这些神圣的物品分开，但是他们愿意卖掉挖掘出来的任何矿藏。

"太好了！"汤姆激动地说，"现在我可以寻找稀土了！"他暂时搁置这个想法，转向了朱利安·斯特朗，"你在A国的特工已经被警察逮捕了，我是说那个叫约翰·埃德的人。"

斯特朗眼睛里立刻闪现出失落的表情，可以看出，这个消息对他来说是个很大的打击。但是他只是大声吼道："我根本不知道你在说什么！"

"说一下。"巴德开口说，"我刚刚想起来为什么我之前那么怀疑希德伦了，我去年在报纸上看到一张他的照片，他参与了一笔可疑的股市交易，只得离开原来的地方。"

"他从我们这逃跑，真是糟糕。"汤姆严肃地说道，"但

第二十三章 阿土米克酋长的故事

是他跑不远,我会给R国当局发去无线电消息,让他们留心。"

阿土米克主动提出让由全是当地人组成的保卫队把几个"可恶的A国人"带回村子里。但是汤姆拒绝了,因为他担心这些当地人会对这三个人进行血腥的报复。

"我们有几个人可以看着他们。"艾德翻译道。

为了感激他们把当地人解放出来,阿土米克邀请汤姆和他的朋友去探索和研究地下古城。

汤姆满怀期待地笑了:"告诉他我处理好几件事之后就过去。"

在离开洞穴之前,汤姆把电子冲击枪递给乔和汉克·斯特林:"看住斯特朗、威尔金斯和费奇,一直到我们准备起飞。"

在回旋风飞机的路上,汤姆停下来让斯利姆、乔和汉克一起到洞穴里去。到达飞机后,巴德和汉克受到了雷德·琼斯和山姆·巴克的热烈欢迎。

"以为你们回不来了呢!"雷德说道。

"哇!"工程师大声说道,"你们回到地下的时候一定要多加小心呀!"

离开之前,汤姆让亚弗给海岸当局发去无线电,描述乔治·希德伦的长相:"让他们注意所有机场和码头。"

"好的,机长。"汉森承诺道。

关闭传播器之后，汤姆转向了他的同伴们。他让雷德和山姆看好旋风飞机，以防希德伦再回来。

"现在说到地下古城。"汤姆说道，"巴德、医生，还有艾德，你们愿意一起去吗？"

"必须要去！"他们异口同声地说道。

匆忙地吃了一餐后，队伍就出发了。他们走近洞穴的时候，汤姆激动地说："大量的这种稀土资源要比金矿还宝贵！而且它们可以帮我们在科学研究上取得创新性进步！"

"但愿。"他的表哥说道，"之后不会再遇到麻烦。"

第二十四章　末日振荡器

汤姆的队伍到达洞穴时，停下来和乔、斯利姆和汉克联系。听了年轻的科学家的计划之后，这个厨师坚持让搜寻者带着冲击枪。

"下面很可能还有坏人，汤姆。"他担心地说道。

"那我们的囚犯怎么办？"汤姆问道。

"让我们用之前没用过的尼龙绳子把他们绑起来。"厨师回复道。

"那好吧。"汤姆说道，然后接过了冲击枪。

巴德、医生和艾德紧跟在他后面，一起走向隧道里面。"这真是个适合鬼怪生存的地方呀！"他们打着手电筒大步向前走的时候，巴德笑着说道。

"你觉得这个遗失的文明有多少年的历史？"医生问道。

艾德回答说："一千年——或许——至少有几百年了。"

他们进入了地下主洞穴后，仔细查看了一些金字塔形状的房子，以及公共建筑和寺庙，但是空空如也。

他们穿过连接的拱门时，看到了神奇的景象，在洞穴中心地面上，有一个很大的浅坑，周围被自然光照亮，亮光过于刺眼，他们戴上了眼镜，洞穴附近有一块电子控制板、一台振荡器和一些现代的电子设备！

巴德大喊道："不要告诉我那些古代人有这么先进的机器！"

"当然不是。"汤姆说道，"这些都是新的——我敢说是斯特朗安装的！"

"但那是什么呢？"医生迷惑地问道。

"是用来包围峡谷的防空组装。"汤姆回复道，"换句话说，这就是那套让巴德的飞机坠机，还差点毁掉旋风飞机的设备！"

更神奇的是，他们头顶的一个像漏斗一样的开口照射进来一束亮光。

"好吧，我要变成长招风耳的喷气机了！"巴德咕哝着，"我们一定是站在火山的底部！"

"是的。"汤姆表示同意，"幸运的是，这是一座死火山，而且这里还有一台预警装置。"

他指着火山口附近一台台高高悬挂着的盘子形状的雷达扫描仪。

"另一个东西是什么？"艾德问道，他指的是扫描仪旁边突出来的一根发光的导管。

第二十四章 末日振荡器

"可能是发出高压电磁放射的天线。"汤姆解释说,"如果我们能够把这根缆线重新连接到控制板上,我们很可能就会发现它是连接在那台振荡器上面的。"

巴德挠挠头,一脸茫然地皱着眉头看着他的同伴:"天才小子,还有一件事我不明白。"

"什么事?"

"振荡器需要动力才能运转,但是这里看不到任何动力。"

汤姆笑了:"你算问对问题了,伙计,看到坑附近的日冕了吗?那就是答案。"

他拿出自己的折叠刀,走近大坑,用刀片轻轻一碰,就引发了一连串的火星。年轻的科学家小心地从地上挖起来一个小颗粒。

"这个东西有点像云母。"汤姆说道,"你知道,就是用来制作电子绝缘体和冷凝器的片状东西。"

他的同伴开始意识到这是一个矿床,土壤里含有奇怪的物质,其中包括汤姆用刀尖凿出来的东西。他用手指捻了捻这个东西,刚一碰到就剥落了。

"你知道这个矿床实际上是什么了吗?"汤姆问道。

"当然——是个矿床。"巴德大笑着说。

"不止,它还是一个巨大的天然电池!"

"什么?!"

他们几个惊奇地看着年轻的发明家,然后巴德央求道:"用简单的话解释一下吧,这样我们其余的人才能听得懂。"

"当然,这很简单。"汤姆笑了,"注意到那个钢铁一样的材料中间的由上千层云母构成的矿床了吗?"

"看到了。"

"钢铁一样的材料是铈,是稀土的一种。它利用火山架射进来的日光发电,然后像电池一样贮存化学能源。我猜想在古代,没有暴风的时候,电力更强。"

汤姆的同伴对眼前独特的现象感到震惊。医生指着控制板上通向坑穴的蓝线:"那么斯特朗就是利用了这种电力能源运行他的振荡器!"

"是的。"汤姆表示同意,"更神奇的是,住在这里的古人类还利用这种现象来照明,我认为他们凿开这道缝隙是让日光照射进来。"

艾德大声说道:"你是说这个文明几千年前就在科学技术上取得了如此先进的成就!"

"我承认这只是一个理论,艾德,但如果不是这样的话,他们为什么要修建这座地下城市呢?这个事实一定和这个天然电池有什么联系——否则这个巧合也太难以让人接受了!"

其他人无法否定汤姆的逻辑,惊讶地看着这个坑。终于巴德说道:"那支电子冲击枪怎么回事呢,机长?你觉得斯特朗在这用了同样的东西吗?"

"我觉得不是。"汤姆回复道,"让我们来弄个明白吧。"

汤姆灵活地拆开了武器,然后大笑起来:"斯特朗试图用我的一个发明来把我击倒!这支冲击枪用的一定是斯特朗买的斯威夫特太阳能电池驱动的!"

"真是自食其果!"巴德说道,艾德也大笑起来:大家平静下来之后,艾德补充道:"这么有能力的一个人却不好好利用自己的才能,太可惜了。"

汤姆点点头。"好了,我们走吧。"他安装好冲击枪之后嘟哝着,"我们还是要找到稀土矿藏。"

巴德指着墙上的一个开口,这个开口似乎通向一条通道:"我们从这儿进去吧,那看起来是唯一的——"

汤姆兴奋地打断了他的话:"在那里!"他挥了一下手,指着开口附近的整面墙壁。

他的同伴们冲过去检查那面墙。

"我的天啊!"巴德大喊道。

用来堆砌墙面的石头和盖房子修寺庙的石头一样,都是五颜六色的。这是因为石头中不同的稀土的纤维构成的——黄色、蓝绿色和紫色,他们嵌在了一个很软的火山岩的矩阵中。

汤姆责备自己:"我本应该知道这些石头来自于火山的。"

墙上的开口很明显是用开采工具推开的,它通向一个矿

场,几百年前,这些石头从那里被切下来。

"我猜这样我们的探险取得了巨大的成功。"艾德·朗斯特里特拍着表弟的肩膀,笑着说,"我们救回了巴德和汉克,现在这里的稀土又能在科学前沿领域引起轰动!"

四个人情绪高昂地往回走,汤姆脑子想着如何能让整个科学界都能利用这些稀土资源。

"我想知道。"艾德说,"那些古老的居民发生了什么,他们是都灭绝了,还是因为某种灾难渐渐地丢失了自己的文化,然后退步成今天的野蛮人,就像阿土米克酋长的部落?"

"哦,我的天呀!"汤姆突然大叫一声,"我们忘记那冲击枪了,我把它放在雷达洞穴的地面上,你们站在这里,我回去拿!"

"别费心了!"突然从前面的金字塔房子里走出来的一个高高瘦瘦的人说道。

"希德伦!"巴德大喊道。

"是我,我的朋友。"动物学家讽刺地说道,"还有冲击枪在我这里,你们几个笨蛋窥探矿场的时候我捡起来的。"

"别想用那个东西吓唬我们。"汤姆冰冷地回复他,"你现在应该知道我们是有办法保护自己的。"

希德伦邪恶地笑了一下:"不好意思,我亲爱的小天才,但是我暂时不会用这支冲击枪,我有更有效的武器——也就是这个体积小但却很强大的手榴弹!"

希德伦从兜里掏出手榴弹,突然转身,向隧道入口跑去,到达洞口后,他立刻用力把手榴弹扔回洞穴里,然后从出口跑了出去消失不见了。

不一会儿,地下城市发生了巨大的爆炸!

第二十五章　铤而走险

被爆炸震倒在地的汤姆和同伴们躺在地上，惊呆了。此时，洞穴里弥漫着烟雾、灰尘和碎石。

"有人受伤吗？"年轻的发明家爬起来的时候问道。

巴德、艾德和辛普森医生也爬了起来，都说没有受伤，但是很快他们又遇到了麻烦。

"隧道的入口——被堵住了！"医生大喊道。

他们冲上前去，发现情况比他们想象的还要糟糕，堵住洞口的不仅有废墟，还有大块的岩石，显然是从洞顶震下来的。

"我的天呀！"巴德抱怨道。

汤姆努力保持着镇定。"现在只能做一件事。"他冷静地说道，"找其他办法出去。"

他们分成两组，围着洞穴的墙壁绕圈走着。汤姆和巴德向右边走，逆时针方向寻找，医生和艾德向相反的方向寻找。不一会儿，他们在广场汇合了，都没有找到出口。

"我发现了一些石刻。"艾德说道，"石刻可能记录了这个地下城市的完整故事。"

"你的意思是你能翻译?"巴德问道。

"我可以试一下!"

"我们有时间来弄清这些符号的话,可能会找到出去的秘密方法。但眼下,我们处境危险,赫斯顿到达洞口的话,一定会出其不意地袭击乔和其他人,然后用电子冲力枪电昏当地人,再救出自己的朋友,那整个山谷就任由他们摆布了!"

"你说得对!"巴德大声说道,"但是我们能怎么办呢?"

"是呀。"医生懊恼地说道,"我们刚刚发现这里没有出口,那条缝隙也不足以让我们爬过去。"

"让我们看看能不能徒手挖出一条出路。"汤姆提议。

他们赶紧回到洞口处,开始用尽全力清理掉落下来的石板,但都是徒劳。

"我们一定能从这混乱的石堆中出去!"巴德大声喊道。

汤姆慢慢说道:"或许还有一个办法,假如我们再拼凑一个振荡器上面那样的天线,再对准掉落下来的石板。然后我们对准电阻发生器,让两个对冲的力量在石板前面拦截。我的直觉告诉我这样能产生足够多的热量,在墙上融化出一个开口。"

第二十五章 铤而走险

汤姆的同伴大声欢呼,医生补充道:"我猜想你已经又想出一个好办法了吧,发明家小伙子。"

"没有这么快。"汤姆谨慎地说道,"还记得我们用电阻发生器对准冲击枪时产生的热量吗?"

"当然记得!"想到当时的巨热,艾德笑了,"我当时感觉自己变成了烤熟的汉堡包,我都想让人给我翻个个儿呢!"

汤姆说:"那个跟我们用这台装置获得的热量相比,根本不算什么。当时我们只是在驱散一个小的手掌大的武器散发出的能量。现在我们将会用光这台振荡器里的所有能量。它很可能把整个洞穴变成一个大火炉!"

汤姆的同伴们想象着汤姆描述的画面,表情严肃起来。"你是说没有希望了?"医生问道。

"是的,除非我们能够找到解决这个问题的答案。"

汤姆集中注意力,走来走去,手一直放在裤兜里,突然他停下来,打了个响指。

"我知道了!如果我们在石板周围建起路障,它就会包围并阻隔热量,然后就会让热量燃烧得更快!我们要使用矿场的岩石,那后面有好多。"

他立刻组织大家搬运岩石。他让巴德、艾德和医生从洞穴里搬来了轻质的软岩浆岩,堆在堵住洞口的石板周围。

他自己则在安装电力设备。他够不着用来让飞机坠落的空中天线,然而,他却用尽全力把连接振荡器天线的缆绳拽了下来。

他在缆绳的一端扯下来一米左右的皮革，来简单地替代天线。然后他拖着缆线向隧道入口方向走去。

他的朋友们已经围起了一部分岩石。汤姆把暴露出来的缆线放在岩石堆中间，然后拿来所有的电阻发生器，打开开关，把它们也放到了岩石堆中间。

最后装置完成了，汤姆回到雷达洞穴去手动打开振荡器开关，其他人陪着他。

"有一件事情我没有告诉你们。"他严肃地说道，"这台装置最好能快速工作，要不然我们就要倒霉了。"

"什么意思？"艾德问道。

"当电流开始融化岩石的时候。"汤姆回复，"它会以非常危险的速度消耗洞穴里的氧气。"

"那火山的那条裂缝不管用吗？"医生问道，"我们能够从那里得到新鲜空气，不是吗？"

汤姆点点头："能获得一些，但是别忘了，融化过程释放出来的气体会瞬间弥漫整个洞穴，进到火山井里的空气刚好用来稀释这些气体，混合气体可能会让人呼吸困难。"

他们害怕地互相看了看，然后医生耸耸肩，说出了所有人的心声："这是我们唯一的机会，快走吧！"

汤姆二话没说，走到控制板前，打开了开关，永动机开始嗡嗡地工作。

第二十五章 铤而走险

他们都很紧张,空气越来越厚重,充满了燃烧岩石散发出来的烟雾,他们呼吸越来越困难。

汤姆用手帕捂住鼻子和嘴,突然向障碍处冲过去。"我想看看怎么样了。"他回过头来对其他人说。

他低着头,钻进弥漫的烟雾里。有好几次,他颤颤巍巍,差点跌倒。他的头部开始眩晕,然后,他突然感觉到一股新鲜空气。

"我们打通了!"他声嘶力竭地喊着,"打通了!切断电源!"

巴德关掉电源,然后和艾德还有医生一起跑到汤姆身边,他们一起把石头路障挪开,在他们面前,有一个直径五十厘米的圆洞。

等洞口的温度稍微降低之后,汤姆和其他人就赶紧从狭窄的通道里钻了出来。就在他们接近洞穴出口的时候,听到了混乱嘈杂的争斗声。

他们到达出口后,看到面无表情的狙击手躺在地上。

"冲击枪!"汤姆简洁地说道。

洞穴外面正发生着徒手搏斗。希德伦把当地人电倒之后,趁乱给自己的朋友松了绑。他的同伙们现在正以四比三的优势和汉克、斯利姆还有乔厮打着。汤姆和他的同伴们赶紧冲了上来,扭转了局势。

"两倍奉还!"巴德嘟哝着,对着希德伦的下巴曲臂上拳一击，希德伦被打得趴在了地上，目光呆滞。

巴德看着汤姆，此时他正在对抗布拉德·威尔金斯，这个人刚狠狠打了斯利姆和乔。这个身材高大的人大吼一声，向年轻的发明家冲过来。但是汤姆灵活地躲开了他的大拳头，朝他的腹部猛击一拳。

"哎哟！"巨人怒吼着，加速向前倒去。

他的头部触地的时候，汤姆用右手给了他一个回旋击，疼得他蜷缩成一团。这个秃头的壮汉呻吟着倒了下去，就像一座正在倒塌的摩天大楼。

几分钟后，战斗结束了。四个罪犯背靠着悬崖站成一排，他们被绑得严严实实的，正愤怒地瞪着抓他们的人。

"我们会让警方接手。"汤姆喘着气说道。

之后，他在旋风飞机上给蓝天女王发去无线电，让亚弗·汉森转达信息。

半个小时后，汉森呼叫汤姆："岛上警察说他们联系不上你，你什么时候带着那些囚犯进城？"

旋风飞机要带这些人进城，巴德驾驶飞机，汤姆和艾德在地下城市忙碌着。年轻的发明家把这个雷达触动的空气武器完全拆开了。

巴德回来的时候，他大声说道："你的新发明真是太棒了，汤姆！德拉姆·霍克甚至不用控制机，自己就能飞起来！"

第二十五章 铤而走险

汤姆笑了："既然你这么喜欢驾驶它，那你把我们的人都带来怎么样？我相信他们一定想要亲眼看见地下的宝藏。"

巴德同意了。他最后飞回来的时候，给了汤姆一个惊喜，因为他带来了其他三位乘客。

"爸爸！桑迪！菲利斯！"汤姆高兴地大喊道。

"我们太担心你们了，一定要过来看看。"大家相互打招呼的时候，菲利斯久久地看着汤姆，说道。

"这下我们就放心了！"桑迪补充道。他的爸爸也点点头。

汤姆自己带着队伍进了隧道，然后指向神秘城市的奇观。他们看到艾德的时候，他正在研究墙上的雕刻。他兴奋地大声喊道："我想我破解了这个问题，如果我的翻译正确的话，那么两千多年前在这里生活的古人类已经达到了古代世界的科学最高峰！"

"前人栽树，后人乘凉。"斯威夫特先生骄傲地看着汤姆说道，"我建议，儿子，我们接下来驱散这个区域的暴风云雾，给当地人带来阳光。"

"我一定会尽力，爸爸，同时，可以开采稀土矿石了。"

"听起来要在地下待很久。"巴德开口说道，"我猜汤姆一定会有新发明，然后带上我们两个踏上下一段旅程，天呀，我等不及了！"

第二十五章 铤而走险

"我一定会尽力的。"汤姆眨着眼睛说道。他也没有想到自己很快就会投入到海底水屋的发明中。

观光者们走出洞穴的时候,闻到了肉香味。到达村子后,当地人正穿着带羽毛的丛林服饰忙碌着,他们有的人端着一盘一盘的椰子肉和烤猪肉,还有的人正和着乐手的鼓声和口哨声跳着舞。

汤姆的队伍停了下来,立刻坐到了烤着生猪的篝火旁。酋长穿着皮衣,上面装饰着羽毛和箭,变了个样子。他来到他们面前,深深地鞠躬。他给了年轻的发明家一座稀土做的佛像。

酋长向艾德点点头。令所有人吃惊的是,酋长用结结巴巴的英语说:"把佛像给你,以表感激——请你们吃大餐。"

鼓手们开始轻轻地拍着他们的乐器,歌手们哼着歌,酋长接着说:"汤姆·斯威夫特!他是最伟大的丛林勇士!"

汤姆·斯夫威特和超声波旋风飞机